童年的悲哀

看魯彥以筆描繪人心，敘寫人性與社會的殘酷碰撞

魯彥 著

竭力想忘去的二年前的事情，今天又浮在我眼前了。
竭力想忘去的二年前的一個人，今天又突然的顯在我眼前了。
最苦的是，箭射在中過的地方，心痛在傷過的地方。
撲倒在我身上嗚咽著的是，二年前的愛人蘭英。
我和她過去的歷史已不堪回想了。

人性、愛情、社會、現實，以最細膩的筆觸，刻劃最真實的人心
魯彥充滿情感與思考的短篇小說集

目錄

目錄

秋夜

「醒醒罷，醒醒罷，」有誰敲著我的紙窗似的說。

「呵，呵——誰呀？」我朦朧的問，揉一揉睡眼。

黑沉沉的看不見一點什麼，從帳中望出去。也沒有人回答我，也沒有別的聲音。

「夢罷？」我猜想，轉過身來，昏昏的睡去了。

不斷的犬吠聲，把我驚醒了。我閉著眼仔細的聽，知道是鄰家趙冰雪先生的小犬——阿烏和來法。聲音很可怕，彷彿淒涼的哭著，中間還隔著些嗚咽聲。我睜開眼，帳頂映得亮晶晶。隔著帳子一望，滿室都是白光。我輕輕的坐起來，掀開帳子，看見月光透過了玻璃，照在桌上，椅上，書架上，壁上。

那聲音漸漸的近了，彷彿從遠處樹林中向趙家而來，其中似還夾雜些叫喊聲。我驚異起來，下了床，開開窗子一望，天上滿布了閃閃的星，一輪明月浮在偏南的星間，月光射在我的臉上，我感著一種清爽，便張開口，吞了幾口，犬吠聲漸漸的急了。悽慘的叫聲，時時間斷了呻吟聲，聽那聲音似乎不止一人。

「請救我們被害的人……我們是從戰地來的……我們的家屋都被凶殘者占去了，我們的財產也被他們搶奪盡了……我們的父母兄弟姊妹多被他們殺害盡了……」慘叫聲突然高了起來。

彷彿有誰潑了一盆冷水向我的頸上似的，我全身起了一陣寒戰。

「吞下去的月光作怪罷？」我想。轉過身來，向衣架上取下一件夾袍，披在身上。復搬過一把椅子，背著月光坐下。

「請救我們沒有父母的人，請救我們無家可歸的人！……」叫聲更高了。有老人、青年、婦女、小孩的聲音。似乎將到村頭趙家了。犬吠得更厲害，已不是起始的悲哭聲，是一種凶暴的怒恨聲了。

我忍不住了，心突突的跳著。站起來，扣了衣服，開了門，往外走去。忽然，又是一陣寒戰。我看看月下的梧桐，起了恐怖。走回來，從枕頭底下拿出一支手槍，復披上一件大衣，倒鎖了門，小心的往村頭走去。

梧桐岸然的站著。一路走去，只見地上這邊一個長的影，那邊一個大的影。草上的露珠，閃閃的如眼珠一般，到處都是。四面一望，看不見一個人，只有一個影子伴著我孤獨者。「今夜有許多人伴我過夜了，」我走著想，嘆了一口氣。

奇怪，我愈往前走，那聲音愈低了，起初還聽得出叫聲。這時反而模糊了。「難道失望的回去了嗎？」我連忙往前跑去。

突突的腳步聲，在靜寂中忽然在我的後面跟來，我駭了一跳，回頭一看，什麼也沒有。

「誰呀？」我大聲的問。預備好了手槍，收住腳步，四面細看。

突突的聲音忽然停止了，只有對面樓屋中回答我一聲「誰呀」？

「呵，弱者！」我自己嘲笑自己說，不覺微笑了。「這樣的膽怯，還能救人嗎？」我放開腳步，復往前跑去。

靜寂中聽不見什麼，只有自己突突的腳步聲。這時我要追的聲音，幾乎聽不見了。

秋夜

「不要失望，不要失望，困苦者！我便是你們的兄弟，我的家便是你們的家！請回轉來，請回轉來！」哦急得大聲的喊了。

「不要失望，不要失望，困苦者！我便是你們的兄弟，我的家便是你們的家！請回轉來，請回轉來！」四面八方都跟著我喊了一遍。

靜寂，靜寂，四面八方都是靜寂，失望者沒有回答我，失望者聽不見我的喊聲。失望和痛苦攻上我的心來，我眼淚簌簌的落下來了。

我失望的往前跑，我失望的希望著。

「呵，呵，失望者的呼聲已這樣的遠了，已這樣的低微了！……」我失望的想，恨不得多生兩隻腳拚命跑去。

呼的一聲，從草堆中出來一隻狗，撲過來咬住我的大衣。我吃了一驚，站住左腳，飛起右腳，往後踢去。牠卻拋了大衣，向我右腳撲來。幸而縮得快，往前一躍，飛也似的跑走了。

嘍嘍的叫著，狗從後面追來。我拿出手槍，回過身來，砰的一槍，沒有中著，牠的來勢更凶了。砰的第二槍，似乎中在牠的尾上，牠跳了一跳，倒地了。然而叫得更凶了。

我忽然抬起頭來，往前面一望，呼呼的來了三四隻狗。往後一望，又來了無數的狗，都兇殘的叫著。我知道不妙，欲向原路跑回去，原路上正有許多狗衝過來，不得已向左邊荒田中亂跑。

我是什麼也不顧了，只是拚命的往前跑。雖然這無聊的生活不願意再繼續下去，但是死，總有點害怕呀。

呼呼呼的聲音，似乎緊急的追著。我頭也不敢回，只是匆匆迫迫越過了狹溝，跳過了土堆，不知東西南北，慌慌忙忙的跑。

這樣的跑了許久，許久，跑得精疲力竭，我才偷眼的往後望了一望。看不見一隻狗，也聽不見什麼聲音，我於是放心的停了腳，往四面細望。

一堆一堆小山似的墳墓，團團圍住了我，我已鎮定的心，不禁又跳了起來。腳旁的草又短又疏，腳輕輕一動，便刷刷的斷落了許多。東一株柏樹，西一株松樹，都離得很遠，孤獨的站著。在這寂寞的夜裡，淒涼的墳墓中，我想起我生活的孤單與漂蕩，禁不住悲傷起來，淚兒如雨的落下了。

秋夜

一陣心痛，我扭縮的倒了……

「呵——」我睜開眼一看，不覺驚奇的叫了出來。

一間清潔幽雅的房子，綠的壁，白的天花板，絨的地毯。從紗帳中望出去、我睡在一張柔軟的鋼絲床上。潔白的綢被，蓋在我的身上。一股沁人的香氣充滿了帳中。

正在這驚奇間，呀的一聲，床後的門開了。進來的似乎有兩個人，一個向床前走來，一個站在我的頭旁窺我。

「要茶嗎，魯先生？」一個十六七歲的女郎輕輕的掀開紗帳，問我。

「如方便，就請給我一杯，勞駕，」我回答說，看著她的烏黑的眼珠。

「很便，很便，」她說著紅了面，好像怕我看她似的走了出去。

不一刻，茶來了。她先扶我坐起，復將茶杯湊到我口邊。

「這真對不起，」我喝了半杯茶，感謝的說。

「沒有什麼，」她說。

「但是，請你告訴我，這是什麼地方，你姓什麼？」

「我姓林，這裡是魯先生的府上，」她笑著說，雪白的臉上微微起了兩朵紅雲。

「哪一位魯先生？」

「就是這位，」她笑著指著我說。

「不要取笑，」我說。

「唔，你到處為家的人，怎的這裡便不是了。也罷，請一個人來和你談談罷。」她說著出去了。

「好伶俐的女子，」我暗自的想。

在我那背後的影子，似乎隱沒了(一會兒，從外面走進了一個人。走得十分的慢，彷彿躊躇未決的樣子。我回過頭去，見是一個相熟的女子的模樣。正待深深思索的時候，她卻掀開帳子，撲的倒在我的身上了。

「呀！」我仔細一看，駭了一跳。

過去的事，不堪回憶，回憶時，心口便如舊創復發般的痛，它如一朵烏雲，一到頭上時，一切都黑暗了。

秋夜

我們少年人只堪往著渺茫的未來前進，痴子似的希望著空虛的快樂。縱使悲傷的前進，失望的希望著，也總要比口頭追那過去的影快樂些罷。

在無數的悲傷著前進，失望的希望著者之中，我也是一個。我不僅是不肯回憶，而且還竭力的使自己忘卻。然而那影子真厲害，它有時會在我無意中，射一支箭在我的心上。

今天這事情，又是它來找我的。

竭力想忘去的二年前的事情，今天又浮在我眼前了。竭力想忘去的二年前的一個人，今天又突然的顯在我眼前了。最苦的是，箭射在中過的地方，心痛在傷過的地方。

撲倒在我身上嗚咽著的是，二年前的愛人蘭英。我和她過去的歷史已不堪回想了。

「呵，呵，是夢罷，蘭英？」我抱住了她，哽咽的說。

「是呵，人生原如夢呵……」她緊緊的將頭靠在我的胸上。

「罷了，親愛的。不要悲傷，起來痛飲一下，再醉到夢裡去罷。」

「好！」她慨然的回答著，仰起頭，湊過嘴來。我們緊緊的親了一會。俄頃，她便放了我，叫著說，「拿一瓶最好的燒酒來，松妹。」

「曉得，」外間有人答應說。

我披著衣起來了。

「現在是在夜裡嗎？」我看見明晃晃的電燈問。

「正是，」她回答說。

「今夜可有月亮？可有星光？」

「沒有。夜裡本是黑暗，哪有什麼光，」她淒涼的說。

我的心突然跳動了一下，問道：

「呵，蘭英，這是什麼地方？我怎樣來到這裡的？」

「這是漂流者的家，你是漂流而來的，」她笑著回答說。

「唔，不要取笑，請老實的告訴我，親愛的，」我懇切的問。

「是呵，說要醉到夢裡去，卻還要問這是什麼地方。這地方就是夢村，你現在做著夢，所以來到這裡了。不信嗎？你且告訴我，沒有到這裡以前，你在什麼地方？」

我低頭想了一會，從頭講給她聽。講到我恐慌的逃走時，她笑得仰不起頭了。

「這樣的無用，連狗也害怕，」她最後忍不住笑，說。

「唔，你不知道那些狗多麼凶，多麼多……」我分辯說。

「人怕狗，已經很可恥了，何況又帶著手槍……」

「一個人怎樣對付？……而且死在狗的嘴裡誰甘心？……」

「是呵，誰肯犧牲自己去救人呵！……咳，然而我愛，不肯犧牲自己是救不了人的呀……」她起初似很譏刺，最後卻誠懇的勸告我，額上起了無數的皺紋。

我紅了臉，低了頭的站著。

「酒來了，」說著，走進來了那一位年輕的姑娘，手托著盤。

「請不要回想那過去，且來暢飲一杯熱烈的酒罷，親愛的。」她牽著我的手，走近桌椅旁，從松妹剛放下的盤上取過酒杯，滿滿的斟了一杯，湊到我的口邊。

「呵——」我長長的嘆了一口氣，一飲而盡。走過去，滿斟了一杯，送到她口邊，她也一飲而盡。

「魯先生量大，請拿大杯來，松妹，」她說。

「是，」松妹答應著出去了，不一刻，便拿了兩隻很大的玻璃杯來。

桌上似乎還擺著許多菜，我不曾注意，兩眼只是閃閃的在酒壺和酒杯間。蘭英也喝得很快，不曾動一動菜，一面還連呼著「松妹，酒，酒」，松妹「是，是」的從外間拿進來好幾瓶。

我們兩人，只是低著頭喝，不願講什麼話，松妹驚異的在旁看著。

無意中，我忽然抬起頭來。蘭英驚訝似的也突然仰起頭來，我的眼光正射到她的烏黑的眼珠上，我眉頭一皺，過去的影刷的從我面前飛過，心口上中了一支箭了。

我呵的一聲，拿起玻璃杯，狠狠的往地上摔去，砰的一聲，杯子粉碎了。

我回過頭去看蘭英，蘭英兩手掩著面，發著抖，淒涼的站著，只叫著「酒，酒」。

我忽然被她提醒，捧起酒壺，張開嘴，倒了下去。

我一壺一壺的倒了下去，我一壺一壺的往嘴裡倒了下去……

秋夜

一陣冷戰，我醒了。睜開眼一看，滿天都是閃閃的星。月亮懸在遠遠的一株松樹上。我的四面都是墳墓；我睡在濡溼的草上。

「呵，呵，又是夢嗎？」我驚駭的說，忽的站了起來，摸一摸手槍，還在身邊，拿出來看一看，又看一看自己的胸口，嘆了一口氣，復放入衣袋中。

「砰，砰，砰……」忽然遠遠的響了起來。隨後便是一陣悽慘的哭聲，叫喊聲。

「唔，又是那聲音？」我暗暗的自問。

「這是很好的機會，不要再被夢中的人譏笑了！」我鼓勵著自己，連忙循著聲音走去。

「砰，砰，砰……」又是一排槍聲，接連著便是隆隆隆的大砲聲。

我急急的走去，急急的走去，不一會便在一條生疏的街上了。那街上站著許多人，靜靜的聽著，又不時輕輕的談論。我看他們鎮定的態度，不禁奇異起來了。於是走上幾步，問一個年輕的男子。

「請問這炮聲在什麼地方，離這裡有多少遠？」

「在對河。離這裡五六里。」

「那麼，為什麼大家很鎮定似的？」我驚奇的問。

「你害怕嗎？那有什麼要緊！我們這裡常有戰事，慣了。你似乎不是本地人，所以這樣的膽小。」他反問我，露出譏笑的樣子。

「是，我才從外省來。」我答應了這一句，連忙走開。

「慣了，」神經刺激得麻木便是「慣了」。我一面走一面想。「他既覺得膽大，但是為什麼不去救人？——也許怕那路上的狗罷？」

叫喊聲，哭泣聲，漸漸的近了，我急急的，急急的跑去。

「請救我們虎口殘生的人……請救我們無家可歸的人……請救我們無父母兄弟妻女的人……你以外的人死盡時，你便沒有社會了，你便不能生存了……死了一個人，你便少了一個幫手了，你便少了一個兄弟了……」許多人在遠處淒淒的叫著，似像向我這面跑來，同時炮聲、槍聲、隆隆、砰砰的響著。

我急急的，急急的往前跑。

「嗆！站住！」一個人從屋旁跳出來，拖住我的手臂。「前面流彈如雨，到處都戒嚴，你卻還要亂跑！不要命嗎？」他大聲地說。

「很好，很好，」我掙扎著說。「不能救人，又不能自救，沒有勇氣殺人，又沒有勇氣自殺，咒詛著社會，又翻不過這世界，厭恨著生活，又跳不出這地球，還是去求流彈的憐憫，給我幸福罷！……」

脫出手，我便飛也似的往前跑去。只聽見那人「瘋子！」一句話。

撲通一聲，不提防，我忽然落在水中了。拚命掙扎，才伸出頭來，卻又沉了下去。水如箭一般的從四面八方射入我的口。鼻、眼睛、耳朵裡……

「醒醒罷，醒醒罷！」有誰敲著我的紙窗，憤怒似的說。

「呵，呵——誰呀？」我朦朧的問，揉一揉睡眼。

黑沉沉的看不見一點什麼，從帳中望出去。沒有人回答我，只聽見呼呼的過了一陣風。隨後便是窗外蕭蕭的落葉聲。

「又是夢，又是夢！……」我咒詛說。

黃金

陳四橋雖然是一個偏僻冷靜的鄉村，四面圍著山，不通輪船，不通火車，村裡的人不大往城裡去，城裡的人也不大到村裡來。但每一家人家卻是設著無線電話的，關於村中和附近地方的消息，無論大小，他們立刻就會知道，而且，這樣的詳細，這樣的清楚，彷彿是他們自己做的一般。例如，一天清晨，桂生嬸提著一籃衣服到河邊去洗滌，走到大門口，遇見如史伯伯由一家小店裡出來，一眼瞥去，看見他手中拿著一個白色的信封，她就知道如史伯伯的兒子來了信了，眼光轉到他的臉上去，看見如史伯伯低著頭一聲不響的走著，她就知道他的兒子在外面不很如意了，倘若她再叫一聲說，「如史伯伯，近來蘿菔很便宜，今天我和你去合買一擔來好不好？」如史伯伯搖一搖頭，微笑著說，「今天不買，我家裡還有菜吃，」於是她就知道如史伯伯的兒子最近沒有錢寄來，他家裡的錢快要用完，快要……快要……了。

不到半天，這消息便會由他們自設的無線電話傳遍陳四橋，由家家戶戶的門縫裡、窗隙裡鑽了進去，彷彿陽光似的、風似的。

的確，如史伯伯手裡拿的是他兒子的信：一封不很如意的信。最近，信中說，不能寄錢來；的確，如史伯伯的錢快要用完了，快要……快要……

如史伯伯很憂鬱，他一回到家裡便倒在籐椅上，躺了許久，隨後便在房子裡踱來踱去，苦惱地默想著。

「悔不該把這些重擔完全交給了伊明，把自己的職務辭去，現在……」他想，「現在不到二年便難以維持，便要搖動，便要撐持不來原先的門面了……悔不該——但這有什麼法子想呢？我自己已是這樣的老，這樣的衰，講了話馬上就忘記，算算帳常常算錯，走路又踉踉蹌蹌，誰喜歡我去做帳房，誰喜歡我去做跑街，誰喜歡我……誰喜歡我呢？」

如史伯伯想到這裡，憂鬱地舉起兩手往頭上去抓，但一觸著頭髮脫了頂的光滑的頭皮，他立刻就縮回了手，嘆了一口氣，這顯然是悲哀侵占了他的心，覺得自己老得不堪了。

「你總是這樣的不快樂，」如史伯母忽然由廚房裡走出來，說。她還沒有像如史伯伯那麼老，很有精神，一個肥胖的女人，但頭髮也有幾莖白了。「你父母留給我們的只有一間破屋，一口破衣櫥，一張舊床，幾條板凳，沒有田，沒有多的屋。現在，我們已把家庭弄得安安穩穩，有了十幾畝田，有了幾間新屋，一切應用的東西都有，不必再向人家去借，只有人家向我們借，兒子讀書知禮，又很勤苦——弄到這步田地，也夠滿意了，你還是這樣憂鬱的做什麼！」

「我沒有什麼不滿意，」如史伯伯假裝出笑容，說，「也沒有什麼不快樂，只是在外面做事慣了，有吃有笑有看，住在家裡冷清清的，沒有趣味，所以常常想，最好是再出去做幾年事，而且，兒子書雖然讀了多年，畢竟年紀還輕，我不妨再幫他幾年。」

「你總是這樣的想法，兒子夠能幹了，放心罷。——哦，我昨晚做了一個夢，忘記告訴你了，我看見伊明戴了一頂五光十色的帽子，搖搖擺擺的走進門來，後面七八個人抬著一口沉重的棺材，我嚇了一跳，醒來了。但是醒後一想，這是一個好夢：伊明戴著五光十色的帽子，一定是做了官了；沉重的棺材，明明就是做官得來的大財。這幾天，伊明一定有銀信寄到的了。」如史伯母說著，不知不覺地眉飛色舞的歡喜起來。

聽了這個，如史伯伯的臉上也現出了一陣微笑，他相信這帽子確是官帽，棺材確是財。但忽然想到剛才接得的信，不由得又憂鬱起來，臉上的笑容又飛散了。

「這幾天一定有錢寄到的，這是一個好夢，」他又勉強裝出笑容，說。

剛才接到了兒子一封信，他沒有告訴她。

第二天午後，如史伯母坐在家裡寂寞不過，便走到阿彩嬸家裡去。阿彩嬸平日和她最談得來，時常來往，她們兩家在陳四橋都算是第二等的人家。但今天不知怎的，如史伯母一進門，便覺得有點異樣：那時阿彩嬸正側面的立在巷子那一頭，忽然轉過身去，往裡走了。

「阿彩嬸，午飯吃過嗎？」如史伯母叫著說。

阿彩嬸很慢很慢的轉過頭來，說，「啊，原來是如史伯母，你坐一坐，我到裡間去就來。」說著就進去了。

如史伯母是一個聰明人，她立刻又感到了一種異樣：阿彩嬸平日看見她來了，總是搬凳拿茶，嘻嘻哈哈的說個不休，做衣的時候，放下針線，吃飯的時候，放下碗筷，今天只隔幾步路側著面立著，竟會不曾看見，喊她時，她只掉過頭來，說你坐一坐就走了進去，這顯然是對她冷淡了。

她悶悶地獨自坐了約莫十五分鐘，阿彩嬸才從裡面慢慢的走了出來。

「真該死！他平信也不來，銀信也不來，家裡的錢快要用完了也不管！」阿彩嬸劈頭就是這樣說。「他們男子都是這樣，一出門，便任你是父親母親，老婆子女，都丟開了。」

「不要著急，阿彩叔不是這樣一個人，」如史伯母安慰著她說。但同時，她又覺得奇怪了：十天以前，阿彩嬸曾親自對她說過，她還有五百元錢存在裕生木行裡，家裡還有一百幾十元，怎的今天忽然說快要用完了呢？……

過了一天，這消息又因無線電話傳遍陳四橋了：如史伯伯接到兒子的信後，愁苦得不得了，要如史伯母跑到阿彩嬸那裡去借錢，但被阿彩嬸拒絕了。

有一天是裕生本行老闆陳雲廷的第三個兒子結婚的日子，滿屋都掛著燈結著彩，到的客非常之多。陳四橋的男男女女都穿得紅紅綠綠，不是綢的便是緞的。對著外來的客，他們常露著一種驕矜的神氣，彷彿說：你看，裕生老闆是四近首屈一指的富翁，而我們，就是他的同族！

如史伯伯也到了。他穿著一件灰色的湖縐棉袍，玄色大花的花緞馬褂。他在陳四橋的名聲本是很好，而且，年紀都比別人大，除了一個七十歲的阿瑚先生。因此，平日無論走到哪裡，都受族人的尊敬。但這一天不知怎的，他覺得別人對他冷淡了，尤其是當大家笑嘻嘻地議論他灰色湖縐棉袍的時候。

「呵，如史伯伯，你這件袍子變了色了，黃了！」一個三十來歲的人說。

「真是，這樣舊的袍子還穿著，也太儉省了，如史伯伯！」綽號叫做小耳朵的珊貴說，接著便是一陣冷笑。

「年紀老了還要什麼好看，隨隨便便算了，還做什麼新的，知道我還能活……」如史伯伯想到今天是人家的喜期，說到「活」字便停了口。

「老年人都是這樣想，但兒子總應該做幾件新的給爹娘穿。」

「你聽，這個人專門說些不懂世事的話，阿凌哥！」如史伯伯聽見背後稍遠一點的地方有人這樣說。「現在的世界，只有老子養兒子，還有兒子養老子的嗎？你去打聽打聽，他兒子出門了一年多，寄了幾個錢給他了！年輕的人一有了錢，不是賭就是嫖，還管什麼爹娘！」接著就是一陣冷笑。

如史伯伯非常苦惱，也非常生氣，這是他第一次聽見人家的奚落。的確，他想，兒子出門一年多，不曾寄了多少錢回家，但他是一個勤苦的孩子，沒有一刻忘記過爹娘，誰說他是喜歡賭喜歡嫖的呢？

他生著氣踱到別一間房子裡去了。

喜酒開始，大家嚷著「坐，坐」，便都一一的坐在桌邊，沒有誰提到如史伯伯，待他走到，為老年人而設，地位最尊敬，也是他常坐的第一二桌已坐滿了人，次一點的第三第五桌也已坐滿，只有第四桌的下位還空著一位。

「我坐到這一桌來，」如史伯伯說著，沒有往凳上坐。他想，坐在上位的品生看見他來了，一定會讓給他的。但是品生看見他要坐到這桌來，便假裝著不注意，和別個談話了。

「我坐到這一桌來，」他重又說了一次，看有人讓位子給他沒有。

「我讓給你，」坐在旁邊，比上位卑一點地方的阿琴看見品生故意裝做不注意，過意不去，站起來，坐到下位去，說。

如史伯伯只得坐下了。但這侮辱是這樣的難以忍受，他幾乎要舉起拳頭敲碗盞了。

「品生是什麼東西！」他憤怒的想，「三十幾歲的木匠！他應該叫我伯伯！平常對我那樣的恭敬，而今天，竟敢坐在我的上位！……」

他覺得隔座的人都詫異的望著他，便低下了頭。

平常，大家總要談到他，當面稱讚他的兒子如何的能幹，如何的孝順，他的福氣如何的好，名譽如何的好，又有田，又有錢；但今天座上的人都彷彿沒有看見他似的，只是講些別的話。

沒有終席，如史伯伯便推說已經吃飽，鬱鬱的起身回家。甚至沒有走得幾步，他還聽見背後一陣冷笑，彷彿正是對他而發的。

「品生這東西！我有一天總得報復他！」回到家裡，他氣憤憤的對如史伯母說。

如史伯母聽見他坐在品生的下面，幾乎氣得要哭了。

「他們明明是有意欺侮我們！」她吸著聲說，「咳，運氣不好，兒子沒有錢寄家，人家就看不起我們，欺侮我們了！你看，這班人多麼會造謠言：不知哪一天我到阿彩嬸那裡去了一次，竟說我是向她借錢去的，怪不得她許久不到我這裡來了，見面時總是冷淡淡的。」

「伊明再不寄錢來，真是要倒楣了！你知道，家裡只有十幾元錢了，天天要買菜買東西，如何混得下去！」

如史伯伯說著，又憂鬱起來，他知道這十幾元錢用完時，是沒有地方去借的。雖然陳四橋盡多有錢的人家，但他們都一樣的小器，你還沒有開口，他們就先說他們怎樣的窮了。

三天過去，第四天晚上，如史伯伯最愛的十五歲小女兒放學回來，把書包一丟，忍不住大哭了。如史伯伯和如史伯母好不傷心，看見最鍾愛的女兒哭了起來，他們連忙撫慰著她，問她哭什麼。過了許久，幾乎如史伯母也要流淚了，她才停止啼哭，嗚嗚咽咽地說：

「在學校裡，天天有人問我，我的哥哥寫信來了沒有，寄錢回來了沒有。許多同學，原先都是和我很要好的，但自從聽見哥哥沒有錢寄來，都和我冷淡了，而且還不時的譏笑的對我說，你明年不能讀書了，你們要倒楣了，你爹娘生了一個這樣的兒子！……先生對我也不和氣了，他總是天天的罵我愚蠢……我沒有做錯的功課，他也說我做錯了……今天，他出了一個題目，叫做《冬天的鄉野》，我做好交給他看，他起初稱讚說，做得很好，但忽然發起氣來，說我是抄的！我問他從什麼地方抄來，有沒有證據，他回答不出來，反而愈加氣怒，不由分說，拖去打了二十下手心，還叫我面壁一點鐘……」她說到這裡又哭了，「他這樣冤枉我……我不願意再到那裡讀書去了！……」

如史伯伯氣得呆了，如史伯母也只會跟著哭。他們都知道那位先生的脾氣：對於有錢人家的孩子一向和氣，對於沒有錢人家的孩子只是罵打的，無論他錯了沒有。

「什麼東西！一個連中學也沒有進過的光蛋！」如史伯伯拍著桌子說：「只認得錢，不認得人，配做先生！」

「說來說去，又是自己窮了，兒子沒有寄錢來！咳，咳！」如史伯母揩著女兒的眼淚說，「明年讓你到縣裡去讀，但願你哥哥在外面弄得好！」

一塊極其沉重的石頭壓在如史伯伯夫妻的心上似的，他們都幾乎透不過氣來了。

真的窮了嗎？當然不窮，屋子比人家精緻，田比人家多，器用什物比人家齊備，誰說窮了呢？但是，但是，這一切不能拿去當賣！四周的人都睜著眼睛看著你，如果你給他們知道，那麼你真的窮了，比討飯的還要窮了！討飯的，人家是不敢欺侮的；但是你，一家中等人家，如果給了他們一點點，只要一點點窮的預兆，那麼什麼人都要欺侮你了，比對於討飯的，對於狗，還厲害！……

過去了幾天憂鬱的時日，如史伯伯的不幸又來了。

他們夫妻兩個只生了一個兒子，二個女兒：兒子出了門，大女兒出了嫁，現在住在家裡的只有三個人。如果說此外還有，那便只有那隻年輕的黑狗了。來法，這是黑狗的名字。牠生得這樣的伶俐，這樣的可愛；牠日夜只是躺在門口，不常到外面去找情人，或去偷別人家的東西吃。遇見熟人或是面貌和善的生人，牠仍躺著讓他進來，但如果遇見一個壞人，無論他是生人或熟人，牠遠遠的就爆了起來，如果沒有得到主人的許可，他就想進來，那麼牠就會跳過去咬那人的衣服或腳跟。的確奇怪，牠不曉得是怎樣辨別的，好人或壞人，而牠的辨別，又竟和主人所知道的無異。夜裡，如果有什麼聲響，牠便站起來四處巡行，直至遇見了什麼意外，牠才嗥，否則是不做聲的。如史伯伯一家人是這樣的愛牠，與愛一個二三歲的小孩一般。

一年以前，如史伯伯做六十歲生辰那一天，來了許多客。有一家人家差了一個曾經偷過東西的人來送禮，一到門口，來法就一聲不響的跳過去，在他的腳骨上咬了一口。如史伯伯覺得牠這一天太凶了，在牠頭上打了一下，用繩子套了牠的頭，把牠牽到花園裡拴著，一面又連忙向那個人賠罪，拿藥給他敷。來法起初嗥著，掙扎著，但後來就躺下了。酒席散後，有的是殘魚殘肉，伊雲，如史伯伯的小女兒，拿去放在來法的面前餵牠吃，牠一點也不吃，只是躺著。伊雲知道牠生氣了，連忙解了牠的繩子。但牠仍舊躺著，不想吃。拖牠起來，推牠出去，牠也不出去。如史伯伯知道了，非常的感動，覺得這懲罰的確太重了，走過去撫摩著牠，叫牠出去吃一點東西，牠這才搖著尾巴走了。

「牠比人還可愛！」如史伯伯常常這樣的說。

然而不知怎的，牠這次遇了害了。

約莫在上午十點鐘光景，有人來告訴如史伯伯，說是來法跑到屠坊會拾肉骨吃，肚子上被屠戶阿灰砍了一刀，現在躺在大門口嗥著。如史伯伯和如史伯母聽見都嚇了一跳，急急忙忙跑出去看，果然牠躺在那裡嗥，渾身發著抖，流了一地的血。看見主人去了，牠掉轉頭來望著如史伯伯的眼睛。牠的目光是這樣的悽慘動人，彷彿知道自己就將永久離開主人，再也看不見主人，眼淚要湧了出來似的。如史伯伯看著心酸，如史伯母流淚了。他們檢查牠的肚子，割破了一尺多長的地方，腸都拖出來了。

「你回去，來法，我馬上給你醫好，我去買藥來。」如史伯伯推著牠說，但來法只是望著嗥著，不能起來。

如史伯伯沒法，急忙忙地跑到藥店裡，買了一點藥回來，給牠敷上，包上。隔了幾分鐘，他們夫妻倆出去看牠一次，臨了幾分鐘，又出去看牠一次。吃中飯時，伊雲從學校裡回來了。她哭著撫摩著牠很久很久，如同親生的兄弟遇了害一般的傷心，看見的人也都心酸。看看牠哼得好一些，她又去拿了肉和飯給牠吃，但牠不想吃，只是望著伊雲。

下午二點鐘，牠哼著進來了，肚上還滴著血。如史伯母忙找了一點舊棉花舊布和草，給牠做了一個柔軟的躺的窩，推牠去躺著，但牠不肯躺。牠一直踱進屋後，滿房走了一遍，又出去了，怎樣留牠也留不住。如史伯母哭了。她說牠明明知道自己不能活了，捨不得主人和主人的家，所以又最後來走了一次，不願意自己骯髒地死在主人的家裡，又到大門口去躺著等死了，雖然已走不動。

果然，來法是這樣的，第二天早晨，他們看見牠吐著舌頭死在大門口了，地上還流了一地的血。

「我必須為來法報仇！叫阿灰一樣的死法！」伊雲哭著，咒詛說。

「咳！不要做聲，伊雲，他是一個惡棍，沒有辦法的。受他欺侮的人多著呢！說來說去，又是我們窮了，不然他怎敢做這事情！……」說著，如史伯母也哭了起來。

聽見「窮」字，如史伯伯臉色漸漸青白了，他的心撞得這樣的厲害：猶如雷雨狂至時，一個過路的客人用著全力急急地敲一家不相識者的門，恨不得立時衝進門去的一般。

在他的帳簿上，已只有十二元另幾角存款。而三天後，是他們遠祖的死忌，必須做兩桌羹飯，供過後，給親房的人吃，這裡就須化六元錢。離開小年，十二月二十四，只有十幾天，在這十幾天內，店鋪都要來收帳，每一個收帳的人都將說，「中秋沒有付清，年底必須完全付清的，現在……」現在，現在怎麼辦呢？伊明不是來信說，年底不限定能夠張羅一點錢，在二十四以前寄到家嗎？……他幾乎也急得流淚了。

三天過去，便是做羹飯的日子。如史伯伯一清早便提著籃子到三里外的林家塘去買菜。簿子上寫著，這一天羹飯的魚，必須是支魚。但尋遍魚攤，如史伯伯看不見一條支魚，不得已，他買了一條米魚代替。米魚的價錢比支魚大，味道也比支魚好，吃的人一定滿意的，他想。

晚間，羹飯供在祖堂中的時候，親房的人都來拜了。大房這一天沒有人在家，他們知道二房輪著吃的是阿安，他的叔伯兄弟阿黑今年輪不到吃，便派阿黑來代大房。

阿黑是一個駝背的泥水匠，從前曾經有過不名譽的事，被人家在屋柱上綁了半天。他平常對如史伯伯是很恭敬的。這一天不知怎樣，他有點異樣：拜過後，他睜著眼睛，繞著桌子看了一遍，像在那裡尋找什麼似的。如史伯母很注意他。隨後，他拖著阿安走到屋角裡，低低的說了一些什麼。

酒才一巡，阿黑便先動筷箝魚吃。嘗了一嘗，便大聲的說：

「這是什麼魚？米魚！簿子上明明寫的是支魚！做不起羹飯，不做還要好些！……」

如史伯伯氣得跳了起來，說：

「阿黑，支魚買不到，用米魚代還不好嗎？哪種貴？哪種便宜？哪種好吃？哪種不好吃？」

「支魚貴！支魚好吃！」

「米魚便宜！米魚不好吃！」阿安突然也站了起來說。

如史伯伯氣得呆了。別的人都停了筷，憤怒地看著阿黑和阿安，顯然覺得他們是無理的。但因為阿黑這個人不好惹，都只得不做聲。

「人家兒子也有，卻沒有看見過連羹飯錢也不寄給爹娘的兒子！米魚代支魚！這樣不好吃！」阿黑左手拍著桌子，右手卻只是箝魚吃。

「你說什麼話！畜生！」如史伯母從房裡跳了出來，氣得臉色青白了。「沒有良心的東西！你靠了誰，才有今天？綁在屋柱上，是誰把你保釋的？你今天有沒有資格說話？今天輪得到你吃飯嗎？……」

「從前管從前，今天管今天！……我是代表大房！……明年輪到我當辦，我用鯉魚來代替！鴨蛋代雞蛋！小碗代大碗！……」阿黑似乎不曾生氣，這話彷彿並不是由他口裡出來，由另一個傳聲機裡出來一般。他只是喝一口酒，箝一筷魚，慢吞吞地吃著。如史伯母還在罵他，如史伯伯在和別人談論他不是，他彷彿都不曾聽見。

幾天之後，陳四橋的人都知道如史伯伯的確窮了：別人家忙著買過年的東西，他沒有買一點，而且，沒有錢給收帳的人，總是約他們二十三，而且，連做羹飯也沒有錢，反而給阿黑罵了一頓，而且，有一天跑到裕生木行那裡去借錢，沒有借到，而且，跑到女婿家裡去借錢，沒有借到，坐著船回來，船錢也不夠，而且……而且……

的確，如史伯伯著急得沒法，曾到他女婿家裡去借過錢。女婿不在家裡。和女兒說著說著，他哭了。女兒哭得更厲害。伊光，他的大女兒，最懂得陳四橋人的性格：你有錢了，他們都來了，對神似的恭敬你；你窮了，他們轉過背去，冷笑你，誹謗你，盡力的欺侮你，沒有一點人心。她小時，不曉得在陳四橋受了多少的氣，看見了多少這一類的事情。現在，想不到竟轉到老年的父母身上了。她越想越傷心起來。

「最好是不要住在那裡，搬到別的地方去。」她哭著說，「那裡的人比畜生還不如！」

「別的地方就不是這樣嗎？咳！」老年的如史伯伯嘆著氣，說。他顯然知道生在這世間的人都是一樣的。

伊光答應由她具名打一個電報給弟弟，叫他趕快電匯一點錢來，同時她又叫丈夫設法，最後給了父親三十元錢，安慰著，含著淚送她父親到船邊。

但這三十元錢有什麼用呢？當天付了兩家店鋪就沒有了。店帳還欠著五十幾元。過年不敬神是不行的，這裡還需十幾元。

在他的帳簿上，只有三元另幾個銅子的存款了！

收帳的人天天來，他約他們二十三那一天一定付清。

十二月十六日，帳簿上只有二元八角的存款……

「這樣羞恥的發抖的日子，我還不曾遇到過……」如史伯伯顫動著語音，說。

如史伯母含著淚，低著頭坐著，不時在沉寂中發出沉重的長聲的嘆息。

「啊啊，多福多壽，發財發財！」忽然有人在門外叫著說。

隔著玻璃窗一望，如史伯伯看見強討飯的阿水來了。

他不由得顫動著站了起來。「這個人來，沒有好結果，」他想著走了出去。

「啊，發財發財，恭喜恭喜！財神菩薩！多化一點！」

「好，好，你等一等，我去拿來。」如史伯伯又走了進來。

他知道阿水來到是要比別的討飯的拿得多的，於是就滿滿的盛了一碗米出去。

「不行，不行，老闆，這是今年最末的一次！」阿水遠遠的就叫了起來。

「那麼你拿了，我再去盛一碗來。」如史伯伯知道，如果阿水說「不行」，是真的不行的。

「差得遠，差得遠！像你們這樣的人家，米是不要的。」

「你要什麼呢？」

「我嗎？現洋！」阿水睜著兩隻凶殘的眼睛，說。

「不要說笑話，阿水，像我們這樣的人家，哪裡……」

「哼！你們這樣的人家！你們這樣的人家！我不知道嗎？到這幾天，過年貨也還不買，藏著錢做什麼！施一點給討飯的！」阿水帶著冷笑，惡狠狠地說。

「今年實在……」如史伯伯憂鬱地說。

但阿水立刻把他的話打斷了。

「不必多說，快去拿現洋來，不要耽擱我的工夫！」

如史伯伯沒法，慢慢地進去了，從櫃子裡，拿了四角錢。正要出去，如史伯母急得跳了起來，叫著說：

「發瘋了嗎？一個討飯的，給他這許多錢！」

「沒有辦法，沒有辦法！」如史伯伯低聲的說著，又走了出去。

「四角嗎？看也沒有看見。我又不是小討飯的，哼！」阿水忿然的說，偏著頭，看著門外。「一千多畝田，二萬元現金的人家，竟拿出這一點點來哄小孩子！誰要你的！」

「你去打聽打聽，阿水！我哪裡有這許多……」

「不要多說！快去拿來！」阿水不耐煩的說。

如史伯伯又進去了，他又拿了兩角錢。

「六角總該夠了罷，阿水？我的確沒有……」

「不上一元，用不著拿出來！錢，我看得多了！」阿水仍偏著頭說。

這顯然是沒有辦法的。如史伯伯又進去了。

在櫃子裡，只有兩元另兩角……

「把這角子通通給了他算了，罷，罷，罷！」如史伯伯嘆著氣說。

「天呀！你要我們的命嗎？一個討飯的要這許多錢！」如史伯母氣得臉色青白，叫著跳了出去。

「哼！又是兩角！又是兩角！」阿水冷笑地說。

「好了，好了，阿水！明年多給你一點。兒子的錢的確還沒有寄到，家裡的錢已經用完了……」

「再要多，我和你到林家塘警察所去拚老命！看有沒有這種規矩！」如史伯母暴躁的說。

「好好！去就去！哼！……」

「她是女人家，阿水，原諒她。我明年多給你一點就是了。」如史伯伯忍氣吞聲的說，在他的靈魂中，這是第一次充滿了羞辱。

「既這樣說，我就拿著走了，到底是男人家。哼！我是一個討飯的，要知道，一個窮光蛋，什麼事情都做得出來的！……」他拿了錢，喃喃的說著，走了。

走進房裡，如史伯母哭了。如史伯伯也只會陪著流淚。

「阿水這東西，就是這樣的壞！」如史伯伯非常氣忿的說。「真正有錢的人家，他是絕不敢這樣的，給他多少，他就拿多少。今天，他知道我們窮了，故意來敲詐。」

忽然，他想到櫃子裡只有兩元，只有兩元了……

他點了一炷香，跑到廚房裡，對著灶神跪下了……不一會，如史伯母也跑進去在旁邊跪下了：

……兩個人口裡喃喃的禱視著，面上流著淚……

十二月二十二日的清晨，如史伯伯捧著帳簿，失了魂似的呆呆地望著。簿子上很清楚的寫著：尚存小洋八角。

「啊，這是一個好夢！」如史伯母由後房叫著說，走了出來。她的臉上露著希望的微笑。

「又講夢話了！日前不是做了不少的好夢嗎？但是錢呢？」如史伯伯皺著眉頭說。

「自然會應驗的，昨夜，」如史伯母堅決地相信著，開始敘述她的夢了，「不知在什麼地方，我看見地上沒著一堆飯，『罪過，飯沒了一地，』我說著用手去搶，卻不知怎的，到手就爛了，像漿糊似的，仔細一看，卻是黃色的糞。『啊，這怎麼辦呢，滿手都是糞了。』我說著，便用衣服去指手，哪知揩來揩去，只是揩不乾淨，反而愈揩愈多，滿身都是糞了。『用水去洗罷，』我正想著要走的時候，忽然伊明和幾個朋友進來了。『啊，慢一點！伊明慢一點進來！』我慌慌張張叫著說，著急了，看著自己滿身都是糞，滿地都是糞。『不要緊的，媽媽，都是熟人，』他說著向我走來，我慌慌張張的往別處跑，跑著跑著，好像伊明和他的朋友追了來似的。『怎麼辦呢，怎麼辦呢，滿身都是糞！』我叫著醒來了。你說，糞不就是黃金嗎？啊，這許多……」

「不見得應驗，」如史伯伯說。但想到夢書上寫著「夢糞染身，主得黃金」，確也有點相信了。

然而這不過是一陣清爽的微風，它過去後，苦惱重又充滿了老年人的心。

來了幾個收帳的人，嚴重的聲明，如果明天再不給他們的錢，他們只得對不住他，坐索了……

時日在如史伯伯夫妻是這樣的艱苦，這樣的沉重，他們倆都消瘦了，尤其是如史伯伯。他覺得自己彷彿是一匹拖重載的驢子，挨著餓，耐著苦，忍著叱吒的鞭子，顛蹶著在雨後泥途中行走。但前途又是這樣的渺茫，沒有一線光明，沒有一點希望。時光留住著罷，不要走近年底！但它並不留住，它一天一天的向這個難關上走著。迅速地跨過這難關罷！但它卻有意延宕，要走不走的徘徊著。咳，咳……

夜上來了。他們睡得很遲。他近來常常咳嗽，彷彿有什麼梗在他的喉嚨裡一般。時鐘警告地敲了十二下。四周非常的沉寂。如史伯伯也已入在睡眠裡。

鐘敲二下，如史伯伯又醒了。他記得櫃子裡只有小洋八角，他預算二十四那一天就要用完了。伊明為什麼這幾天連信也沒有呢？伊光打去的電報沒有收到嗎？來不及了，來不及了，現在已是二十三，最末的一天，一切店鋪裡的收帳人都將來坐索了！這是一種什麼樣的恥辱！六十年來沒有遇到過！不幸！不幸！

忽然，他傾著耳朵細聽了，彷彿有誰在房子裡輕著腳步走動似的。

「誰呀？」

但沒有誰回答，輕微的腳步出去了。

「啊！伊雲的娘！伊雲的娘！起來！起來！」他一面叫著，一面翻起身點燈。

如史伯母和伊雲都嚇了一驚，發著抖起來了。

衣櫥門開著，櫃子門也開著，地上放著兩隻箱子，外面還丟著幾件衣服。

「有賊！有賊！」如史伯伯敲著板壁，叫著說。

住在隔壁的是南貨店老闆松生，他好像沒有聽見。

如史伯母抬頭來看，衣櫥旁少了四隻箱子，兩隻在地上，兩隻不見了。

「打！打！打賊！打賊！」如史伯伯大聲的喊著，但他不敢出去。如史伯母和伊雲都牽著他的衣服，發著抖。

約莫過去了十五分鐘，聽聽沒有動靜，大家漸漸鎮靜了。如史伯伯拿著燈，四處的照，從臥房裡照起，直照到廚房。他看見房門上燒了一個洞，廚房的磚牆挖了一個大洞。

如史伯母檢查一遍，哭著說把她冬季的衣服都偷去了。此外還有許多衣服，她一時也記不清楚。

「如果，」她哭著說，「來法在這裡，絕不會讓賊進來的。……彷彿他們把來法砍死了，就是為的這個……阿灰不是好人，你記得。我已經好幾次聽人家說他的手腳靠不住……明天，我們到林家塘警察所去報告，而且，叫他們注意阿灰。」

「沒有錢，休提起警察！」如史伯伯狠狠的說，「而且，你知道，明天如果兒子沒有錢寄來，不要對人家說我們來了賊，不然，就會有更不好的名聲加到我們的頭上，一班人一定會說這是我們的計策，假裝出來了賊，可以賴錢。你想，你想，……在這樣的世界上，最好是不要活著！……」

如史伯伯嘆了一口氣，躺倒在籐椅上，昏過去了。

但過了一會，他的青白的臉色漸漸鮮紅起來，微笑顯露在上面了。

他看見陽光已經上升，充滿著希望和歡樂的景象。阿黑拿著一個極大的信封，駝背一聳一聳地顛了進來，滿面露著笑容，嘴裡哼著恭喜，恭喜。信封上印著紅色的大字，什麼司令部什麼處緘。紅字上蓋著墨筆字，是清清楚楚的「陳伊明」。如史伯伯喜歡得跳了起來。拆開信，以下這些字眼就飛進他的眼裡：

……兒已在……任祕書主任……茲先匯上大洋二千元，新正……再當親解價值三十萬元之黃金來家……

「啊！啊！……」如史伯伯喜歡得說不出話了。

門外走進來許多人，齊聲大叫：「老太爺！老太太！恭喜恭喜！」

阿黑、阿灰、阿水都跪在他們的前面，磕著頭……

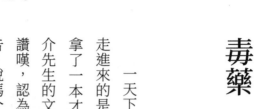

毒藥

一天下午，光榮而偉大的作家馮介先生正在寫一篇故事的時候，門忽然開開了。走進來的是一個十七歲的青年，他的哥哥的兒子。問了幾句關於學校生活的話，他就拿了一本才出版的書給他的侄兒看。書名叫做《天鵝》，是他最得意的一部傑作。馮介先生的文章，在十年以前，已哄動全國。讀了他的文章，沒有一個不感動，驚異，讚嘆，認為是中國最近的唯一的作家。代他發行著作的書店，只要在報紙上登一個預告，說馮介先生有一本書在印刷，預約的人便紛至沓來，到出書的那一天，拿了現錢來購買的人往往已買不到了。即如《天鵝》這本書，初版印了五千部，第三天就必須趕緊再版五千。許多雜誌的編輯先生時常到他家裡來談天，若是發見了他在寫小說，無論只寫了一半或才開始，便先懇求他在那一個雜誌上發表，並且先付了很多的稿費，免得後來的人把他的稿子拿到別的地方去發表。酷愛他的作品的讀者屢次寫信給他，懇求見他一面，從他那裡出去便如受了神聖的洗禮，換了一個靈魂似的愉快。如其得到馮介先生的一封短短的信，便如得到了寶一般，覺得無上的光榮。

「小說應怎樣著手寫呢？叔叔？」沉沒在驚羨裡的他的侄兒敬謹而歡樂地接受了《天鵝》，這樣的問。

這在馮介先生，已經聽得多了。凡一般憧憬於著作的青年或初進的作家，常對他發這樣的問話，希冀在他的回答中得到一點啟發和指示。他的侄兒也已不止一次的這樣問他。

聽了這話，馮介先生常感覺一種苦惱，皺著眉頭，冷冷的回答說，「隨你自己的意思，喜歡怎樣，就怎樣著手。」

但這話顯然是空泛的，不能滿足問者的希冀。於是這一天他的侄兒又問了：

「先想好了寫，還是隨寫隨想呢，叔叔？」

「整個的意思自然要先想好了才寫。」

「我有時愈寫愈多，結果不能一貫，非常的散漫，這是什麼原因呢？」

「啊，作文法書上不是常常說，蒐集材料之後，要整理，要刪削，要像裁縫拿著剪刀似的，把無用的零碎邊角剪去嗎？」

於是他的年輕的侄兒像有所醒悟似的，喜悅而且感激的走了出去。

但馮介先生煩惱了。他感覺到一種不堪言說的悲哀。他覺得自己好像在不知不覺中已把這個青年拖到深黑的陷阱中，離開了美麗的安樂的世界；他覺得自己既用毒藥戕害了自己的生命和無數的青年，而今天又戕害了自己年輕的可愛的侄兒，且把這毒藥授給了他，教唆他去戕害其他的青年的生命。

這時，一幅險惡的悲哀的圖畫便突然高高地掛在光榮的作家的面前，箭似的刺他的眼，刺他的心，刺他的靈魂……

二十歲的時候，他在北京的一個大學校裡讀書。那時顯現在他眼前的正是美麗的將來，繞圍著的是愉快的世界。他不知道什麼叫做痛苦，對於一切都模糊，朦朧。煩惱如浮雲一般，即使有時他偶然的遇著，不久也就不留痕跡的散去了。他自己也有一種夢想，正如其他的青年一般，但那夢想在他是非常的甜蜜的。

因為愛好文藝，多讀了一點文學書，他有一天忽然興致來了，提起筆寫了一篇短短的故事。朋友們看了都說是很好的作品，可以發表出去，於是他便高興地寄給了一家報館。三天後，這篇故事發表了。相熟的人都對他說，他如果努力的寫下去是極有希望的。過了不久，上海的某一種報紙而且將他的故事轉載了出來。這使他非常的高興，又信筆作了一篇寄去發表。這樣的接連發表了四、五篇，他得了許多朋友的驚異，讚賞。從此他相信在著作界中確有成就的希望，便愈加努力了。

然而美麗的花草有萎謝的時候，光輝的太陽有陰暗的時候，他的命運不能無外來的打擊：為了不願回家和一個不相愛不相熟的女子結婚，激起了父母極大的憤怒，立刻把他的經濟的供給停止了。這使他不能再繼續地安心讀書，不得不跑到一個遠的地方去教書。工作和煩惱占據著他，他便有整整的一年多不曾創作。

生活逼迫著他，常使他如游絲似的東飄西蕩。一次，他窮得不堪時，忽然想起寄作品給某雜誌是有稿費可得的，便寫了幾千字寄了去。不久，他果然收到了十幾元錢。這樣的三次五次，覺得也是一種於己於人兩無損害的事情，又常常創作了。

有時，他覺得為了稿費而創作是不對的。好的文學作品應該是自然流露出來的產物。為了稿費而創作，有點近於榨取。但有時他又覺得這話不完全合於事實。有好幾篇小說，他在二三年前早想好了怎樣的開始，怎樣的描寫，用什麼格調，什麼樣的情節，什麼樣的人物，怎樣的結束，以及其他等等。動筆寫，本是要有一貫的精神，特別的興致的。現在把這種精神和興致統轄在稿費的希望之下，也不能說寫出來的一定不如因別的動機寫出來的那麼好。或者，他常常這樣想，榨出來的作品比別的更好一點也說不定，因為那時有一種特別的環境，特別的壓迫，特別的刺激和感觸，可以增加作品的色彩，使作品更其生動有力。

但這種解釋在一般人看起來似乎是一種強辯。編輯先生自從知道他創作是因了稿費，便對他冷淡了。讀者，不願再看他的小說了。稿子寄出去，起初是壓著壓著遲緩的發表，隨後便老實退還了給他。

「這篇稿子太長了，我們登不下，」編輯先生常常這樣的對他說，把稿子退還了給他。有時又這樣說，「這篇太短了，過於簡略。」

在讀者的中間常常這樣說，「馮介的小說受了S作者的影響，但又不是正統的傳代者，所以不值得看。」

一次，一個朋友以玩笑而帶譏刺的寫信給他說，「你的作品好極了，但翻了一萬八千里路的筋斗終於還跳不出作家X君的手心！」

一位公正的批評家在報紙上批評說，「馮介的小說是在模仿N君！」這種種的刺激使他感覺到一種恥辱，於是他擱筆不寫了，雖然他覺得編輯先生的可笑，讀者的淺薄。

二年後的一天，他在街上走，無意中遇見了一個久不相見的朋友。那個朋友到這裡還只兩月。他問了問馮介近來的生活之後，便請馮介給他自己主編的將要出版的月刊做文章。馮介告訴他以前做文章所受的奚落，表示不肯再執筆。

「讀者的批評常是不對的，可以不必管它！至於文章的長短，我都發表，你儘管拿來。稿費從豐！」那個朋友說。

一種說不出的喜悅和感激從他的心底裡湧了出來，他覺得這個朋友對於讀者有特殊的眼光，對於他有熱心扶助的誠意。這時他的生活正艱苦得厲害，便決計又開始創作了。

「別個的稿費須等登出來了以後才算給，但你，」那個朋友接到了他的稿子，說，「我知道你很窮，今天便先給你帶了回去。」

「多謝你的幫助！」他接了稿費，屢屢這樣的說。

但是編輯先生照例是很忙的。他拿了稿子去，以遇不著人，把稿子交給門房，空手回來的次數較多。回來後，他常寫這樣的信去：

「好友，送上的稿子想已收到。我日來窘迫萬狀，懇你先把我的稿費算給我，以救燃眉。拜託拜託！」

有幾次，不知是郵差送錯了，還是那裡的門房沒有交進去，他等了好久終於沒有接到回信。連連去了感激而又拜託的信，都沒有消息。

「來信讀悉，因忙，未能早復，請恕。弟與兄友誼至厚，今兄在患難中需弟幫助，弟安得不盡綿力。稿費容囑會計課早日送奉可也。」有時編輯先生似乎特別閒空而且高興，回信來了。

但會計課也是很忙的。接到通知後他們一時還無暇算他的稿費。稿費雖然只有十幾元，然而除去標點符號和空白，一字一字的數字數，卻是一件艱苦的工作，等待了幾天，常使他又不得不親自跑到會計課去查問。

「昨日已經叫收發課送去了。」會計先生回答說。

收發課同樣是忙碌得非常。他們不管他正餓著肚子望眼欲穿的在那裡等候，仍須遲緩幾天。

這種情形使他感覺得煩惱，羞恥，侮辱。費盡了自己的腦和力及時間，寫出來的東西，得到一點酬資，原是分內的事。但他卻須對人家表示感激，乞丐似的伸出手去懇求，顯出自己是一個窮追可憐的動物。時時只聽見人家恩惠的說，「你窮，你可憐，我救你！……」同時又彷彿聽見人家威嚇似的說，「你的生命就在我的手中！我要你活下去就活下去，要你死就死！……」即使是會計先生，收發課的人，或一個不重要的送信者，都可以昂然的對他表示這種驕傲，這種侮辱。他覺得賣稿子遠不如在馬路上的肩販，客人要買什麼貨時，須得問問他的價錢，合便賣，不合便不賣，當場拿出現錢來，一面交出貨去，各無恩怨的走散。只有稿子寄了去不能說一聲要多少稿費，編輯先生收受了，還須對他表示感激。不收受，就把它捻做一團丟入字紙簏，不能說一句話，還須怪自己獻醜。僥倖的給了稿費，無論一元錢一千字或五角錢一千字，隨他們自己的意思，你都須感激。如果人家說，「你窮，我幫助你，收受你的稿子，給你稿費。」你就須感激，感激，而又感激！像被鞭韃的牛馬對於寬恕牠的主人一般，像他救了你一條命，恩誼如山一般……

想著想著，他幾乎又不願再寫小說了。然而，生活的壓迫也正是一個重大的難題。如其他的平凡的人一般，他只得先來解決物質上的問題，忍垢含辱的依舊寫些小說。

三年過去，他的小說集合起來竟有了厚厚的三本。他便決計去找書店印單行本。嚴密的重新檢閱了幾遍，他覺得也還不十分粗糙。在這些小說裡面，他看見了自己的希望和失望，快樂和痛苦，淚和血，人格與靈魂。

「無論人家怎樣批評，只要我自己滿意就是了。」他想著就開始去尋覓出版的書店。

S城的商業雖然繁盛，書店雖然多至數十家，但願意給他印書的卻不容易找到。書店的經理不是說資本缺乏，便是說經費支絀。其實無非因為他是一個不出名的作家，怕出版後銷路不好罷了。

找了許多書店，稿子經過了許多商人的審查，擱了許多時日，他的第一部小說集才被一家以提倡新文化為目的的書店留住。

「這部書銷路好壞尚難預測，我們且印六百本看看再說。」這家書店的經理這樣說。於是他才欣喜地滿足地走了。

六個月後，這部書出版了。他所聽見的批評倒也還好，這一來他很喜歡。

三個月後，忽然想到這部小說集的銷路，便寫信去問書店的經理。

「銷路很壞，不知何日方能售完。……」回信這樣說。

這使他非常的憤怒，對於讀者，他眼看著一般研究性的或竟所謂淫書，或一些無聊的言情小說之類的書印了三千又三千，印了五千又五千，而對於他這部並不算過壞的文藝作品竟冷落到如此。

「沒有眼睛的讀者！」他常常氣憤地說。

年節將近的一天，他正為著節關經費的問題向一個朋友借錢去回來，順路走過這一家書店，便信步走了進去。

「啊，先生，你這部書銷路非常之壞！」書店的經理先生劈頭就是這一句話。

他闌珊地和經理先生談了一些閒話，正想起身走時，忽然走進來一個提著黑色皮包的人。寒暄了幾句，那個人便開開皮包，取出一大疊的揭單。一張一張的提給經理先生說，「這是《戀愛問題研究》的帳，五幹部，計……這是《性生活》的計，帳……

《戀愛信札》……《微風》……《萍蹤》……《夜的》……」

正在呆坐著想些別的事情的他，忽然模糊地聽見「夜的」兩字，他知道是算到自己的《夜的悲鳴》了，便不知不覺的抬起頭來。同時，他看見經理先生伸出一隻大的手，把帳單很快的搶過去，匆促而不自然的截斷印刷店裡的收帳員的話，說：

「不必多說了！通通交給我罷！我明天仔細查對。」

在經理先生大的手指縫裡，他明白地看見帳單上這樣的寫著。

「一千五百本……」

「哦！」他幾乎驚異地叫了出來。

「年底各處的帳款多嗎？」經理先生一面問，一面很快的開開抽屜，把帳單往裡面一塞，便得的又鎖上了。

他回來後憤怒地想了又想，越想越氣。這明明是書店作了弊，在那裡哄騙他。本來印六百部就不近人情：排字好不容易，上版好不容易，印刷費愈印多愈上算，他印六百部價錢貴了許多，賺什麼錢，開什麼書店？

他氣憤憤地在家裡坐了一會，又走了出去，想去質問書店。但走到半路上又折回了。他覺得商人是不易惹的。他存心偷印，你怎樣也弄不過他。他可以把帳單改換，可以另造一本假的帳簿給你看，可以買通印刷所。你要和他打官司，他有的是錢！著作家，是一個窮光蛋！

他想來想去，覺得只有委屈地把這怒氣按捺下去，轉一個方向，向他要版稅。於是他就很和氣地寫了一封信去。

「《夜的悲鳴》銷路不好，到現在只賣去了一百多本，還都不是現款。年內和各店結清了帳目，收到書款後，照本店的定例，明年正月才能付先生的版稅。……」回信這樣說。

「照本店的定例！」他覺得捧出這種法律似的定例來又是沒有辦法的了，雖然在事實或理論上講不通，著作家也要過年節，也要付欠帳，也要吃飯！於是他又只好轉一個方向，寫一封信向經理先生講人情了：

「年關緊迫，我窮得不得了，務請特別幫我一個忙，把已售出去的一百多本書的版稅算給我，作為借款，年外揭帳時扣下，拜懇拜懇！……」

這樣的信寫了去，等了四五天終於沒有回信。於是他覺得只有親自去找經理先生。但年關在即，經理先生顯然是很忙的。他去了幾次，店裡的夥計都回說不在家。最後，他便留了一個條子：

「前信想已收到……好在數目不大……如蒙幫忙，真比什麼還感激！……」

又等了三四天，回信來了。那是別一個人所寫的，經理先生只親筆簽了一個名字。然而他說得比誰還慷慨，比誰還窮：

「可以幫忙的時候，我沒有不盡力幫忙。如在平時，即使先生要再多借一點也可以。但現在過年節的時候，我們各處的帳款都收不攏來，各處的欠款又必須去付清。照現在的預算，我們年內還缺少約一萬元之語。先生之款實難如命……」

這有什麼辦法呢？即使你對他再說得懇切一點，或甚至磕幾十個響頭，眼見得也是沒有效力的了！

艱苦地挨過了年關，等了又等，催了又催，有一天版稅總算到了手。精明的會計先生開了一張單子，連二百十一本的「一」字都不曾忽略，而每冊定價五角，值百抽十二，共計版稅洋十二元六角六分的「六分」也還不曾抹去。

對著這十二元六角六分，他只會發氣。版稅抽得這樣的少，他連聽也不曾聽見過！怪不得商人都可以吃得大腹便便，原來他們的滋養品就是用欺詐、掠奪而來的他人的生命！在編輯先生和書店經理先生的重重壓迫之下，他覺得自己彷彿是一條蠕蟲或比蠕蟲還可憐的動物。無論受著如何的打擊，他至多只能縮一縮身子。有時這打擊重一點，連縮一縮身子也不可能，就完結了。

他灰心而且失望的，又委屈地受了其他經理先生的欺侮，勉勉強強又把第二集第三集的小說都出了版。

一年後，暴風雨過去了。在他命運的路上漸漸開了一些美麗的花：有幾種刊物上，常有稱讚他的小說的文章，有幾個編輯先生漸漸來請他做文章，書店的經理也問他要書稿了。

在狂熱的稱讚和驚異中，他不知怎的竟在二年後變成了一個人人欽仰的作家。好幾篇文章，在他覺得是沒有什麼精彩的，編輯先生卻把它們登在第一篇，用極大的字印了出來。甚至一點無聊的隨感、筆記，都成了編輯先生的寶貴的材料，讀者的貴重的讀物。無論何種刊物上，只要有「馮介」兩個字出現，它的銷路便變成驚人的大。有許多預備捻做一圈，塞入字紙簍的稿子，經理先生把它從滿被著灰塵的舊稿中找了出來，要拿去出版。五六萬字的稿子，二個禮拜後就變成了一部美麗的精緻的書。版稅突升到值百抽二十五。雜誌或報紙上發表的稿費，每千字總在五元以上，編輯先生親自送了來，還說太微薄，對不起。

這在有些人確是一件愉快、不堪言說的光榮的事情。但在他，卻愈覺得無味，恥辱，下賤。作品還未曾為人所歡迎的時候，一腳把你踢開，如踢街上顛蹶地徘徊著的癲狗一般。這時，你出了名，便都露著謙恭、欽敬的容貌，甜美如妓女賣淫一般的言笑著，竭力拉你過去。利用純潔的青年的心的弱點，把你裝飾成一個偶像，做刊物或書店的招牌，好從中取利……

「這篇文章須得給五十元稿費！」一次，他對一個編輯先生說。這是他在憤怒中一個復仇的計策。這篇稿子連空白算在裡面，恐怕也只有三千字左右。

「哦哦！不多，不多！」編輯先生居然拿著稿子走了，一面還露出歡喜與感激。

當天下午，他竟出人意外的收到了六十元稿費，一頁信，表示感激與光榮。

「茲有新著小說稿一部，約計七萬字，招書店承印發行。誰出得版稅最多的，給誰出版。」有一天又想到了一個復仇的計策，在報紙上登了一個投標的廣告。

三天內果然來了一百多名經理先生，他們的標價由百分之三十到百分之五十五。痛快了一陣，他又覺得索然無味了。商人終於是商人。欺騙，無恥，卑賤，原是他們的護身法寶。怎樣的作弄他們，也是無用的。而這樣一來，也徒然表現自己和他們一樣的卑賤而已。過去的委屈，羞恥，羞辱，盡可以釋然。這在人生的路上，原是隨處可以遇著的。

但是，著作的生活到底於自己有什麼利益呢，除去了這些過去的痕跡？他沉思起來，感覺到非常的苦惱。

自從開始著作以來，他幾乎整個的沉埋在沉思和觀察裡。思想和眼光如用挫刀不斷地挫著一般，一天比一天銳敏起來。人事的平常的變動在他在在都有可注意的地方。在人家真誠的背後，他常常看見了虛偽；在天真的背後，他看見了狡詐；在謙恭的背後，他看見了狠毒；在歡樂的背後，他發現了苦惱；在憂鬱的背後，他發現了悲哀。這種種在平常的時候都可以像浮雲似的不留痕跡地過去，像無知的小孩不知道世界的大小，人間的歡惱，流水自流水，落花自落花一般，現在他都敏銳地深刻地看見了隱藏在深的內部的祕密。從這裡得到了深切的失望和悲哀。幼年時的憧憬與夢想都已消散。前途一團的漆黑。什麼是人生的意義?什麼是偉大的自我?他終於尋不出來。他雖活著，已等於自殺。像這樣的思想，遠不如一個愚蒙的村夫，無知無識的做著發財的夢，名譽的夢，信託著泥塑木雕的神像，掙扎著謀現在或未來的幸福。……

自己不必管了，他想，譬如短命而死，譬如疾病而死，譬如因一種不測的災禍而死，如為水災，火災，兵災，或平白地在馬路上被汽車撞倒。然而，作品於讀者有什麼益處呢?給了他們一點什麼?安慰嗎?他們自己盡有安慰的朋友，東西!希望嗎?騙人而已!等到失了望，比你沒有給他們希望時還痛苦!指示他們人生的路嗎?這樣渺茫，紛歧的前途，誰也不知道哪裡是幸福，哪裡是不幸，你自己覺得是幸福的，在別人安知就不是不幸?想告訴他們以世界的真相和祕密嗎?這該詛咒的世界，還是讓他們不了解，模模糊糊的好!想諷刺一些壞的人，希望他們轉變過來嗎?」痴想!他們即使看了，也是一陣微風似的過去了!想對讀者訴說一點人間的憂抑，苦惱，悲哀嗎?何苦把你自己的毒藥送給別人!……

偉大而光榮的作家馮介先生想到這裡，翻開幾本自己的著作來看，只看見字裡行間充滿著自己的點點的淚和血:無邊的苦惱與悲哀:罪惡的結晶，戕害青年的毒藥……

點起火柴，他燒掉了桌上尚未完工的作品……

童年的悲哀

這是如何的可怕，時光過得這樣的迅速！

它像清晨的流星，它像夏夜的閃電，剎那間便溜了過去，而且，不知不覺地帶著我那一生中最可愛的一葉走了。

像太陽已經下了山，夜漸漸展開了它的黑色的幕似的，我感覺到無窮的恐怖。像狂風捲著亂雲，暴雨掀著波濤似的，我感覺到無邊的驚駭。像周圍哀啼著淒涼的鬼魑，影閃著死僵的人骸似的，我心中充滿了不堪形容的悲哀和絕望。

誰說青年是一生中最寶貴的時代，是黃金的時代呢？我沒有看見，我沒有感覺到。我只看見黑暗與沉寂，我只感覺到苦惱與悲哀。是誰在這樣說著，是誰在這樣羨慕著，我願意把這時代交給了他。

呵，我願意回到我的可愛的童年時代，回到那夢幻的浮雲的時代！神呵，給我偉大的力，不能讓我回到那時代去，至少也讓我的回憶拍著翅膀飛到那最淒涼的一隅去，暫時讓悲哀的夢來充實我吧！我願意這樣，因為即使是童年的悲哀也比青年的歡樂來得夢幻，來得甜蜜呵！

那是在哪一年，我不大記得了。好像是在我十一、二歲的時候。

時間是在正月的初上。正是故鄉鑼聲遍地，龍燈和馬燈來往不絕的幾天。

這是一年中最歡樂的幾天。過了長久的生活的勞碌，鄉下人都一致的暫時擱下了重擔，用娛樂來洗滌他們的疲乏了。街上的店鋪全都關了門。祠廟和橋上這裡那裡的一堆堆地簇擁著打牌九的人群。平日最節儉的人在這幾天裡都握著滿把的瓜子，不息地剝啄著。最正經最嚴肅的人現在都背著旗子或是敲著銅鑼隨著龍燈馬燈出發了。他們談笑著，歌唱著，沒有一個人的臉上會發現憂愁的影子。孩子們像從籠裡放出來的一般，到處跳躍著，放著鞭炮，或是在地上圍做一團，用尖石劃了格子打著錢，占據了街上的角隅。

母親對我拘束得很嚴。她認為打錢一類的遊戲是不長進的孩子們的表徵，她平日總是不許我和其他的孩子們一同玩耍，她把她的錢櫃子鎮得很緊密。倘若我偶然在抽屜的角落裡找到了幾個銅錢，偷偷地出去和別的孩子們打錢，她便會很快的找到我，趕回家去大罵一頓，有時挨了一場打，還得挨一餐餓。

但一到正月初上，母親給與我自由了。我不必再在抽屜角落裡尋找剩餘的銅錢，我自己的枕頭下已有了母親給我的豐富的壓歲錢。除了當著大路以外，就在母親的面前也可以和別的孩子們打錢了。

打錢的遊戲是最方便最有趣不過的。只要兩個孩子碰在一起，問一聲「來不來」？回答說「怕你嗎」？同找一塊不太光滑也不太凹凸的石板，就地找一塊小的尖石，劃出一個四方的格子，再在方格里對著角劃上兩根斜線，就開始了。隨後自有別的孩子們來陸續加入，擺下錢來，許多人簇擁在一堆。

我雖然不常有機會打錢，沒有練習得十分凶狠的鏟法，但我卻能很穩當的使用刨法，那就是不像鏟似的把自己手中的錢往前面跌下去，卻是往後落下去。用這種方法，無論能不能把別人的錢刨到格子或線外去，而自己的錢卻能常常落在方格裡，不會像鏟似的，自己的錢總是一直衝到方格外面去，易於發生危險。

常和我打錢的多是一些年紀不相上下的孩子，而且都知道把自己的錢拿得最平穩。年紀小的不湊到我們這一夥來，年紀過大或拿錢拿得不平穩的也常被我們所拒絕。

在正月初上的幾天裡，我們總是到處打錢，祠堂裡，街上，橋上，屋簷下，劃滿了方格。我的心像野馬似的，歡喜得忘記了家，忘記了吃飯。

但有一天，正當我們鬧得興高采烈的時候，來了一個搗亂的孩子。

他比我們這一夥人都長得大些，他大約已經有了十四、五歲，他的名字叫做生福。他沒有母親也沒有父親。他平時幫著人家划船，賺了錢一個人花費，不是擠到牌九攤裡去，就和他的一夥打銅板。他不大喜歡和人家打銅錢，他覺得輸贏太小，沒有多大的趣味。他的打法是很凶的，老是把自己的銅板緊緊地斜扣在手指中，狂風暴雨似的鏨了下去。因此在方格中很平穩地躺著的錢，在別人打不出去的，常被他鏨了出去。同時，他的手又來得很快，每當將鏨之前，先伸出食指去摸一摸被打的錢，在人家不知不覺中把平穩地躺著的錢移動得有了蹊蹺。這種打法，無論誰見了都要害怕。

小小的心

賴友人的幫助，我有了一間比較舒適而清潔的住室。淡薄的夕陽的光在屋頂上徘徊的時候，我和一個挑著沉重的行李的挑夫穿過了幾條熱鬧的街道，到了一個清靜的小巷。我數了幾家門牌，不久便聽見我的朋友的叫聲。

「在這裡！」他說，一手指著白色圍牆中間的大門。

呈現在我的眼前的是一座半舊的三層洋樓：映在夕陽中的枯黃的屋頂露著衰疲的神情；白的牆壁現在已經變成了灰色，頗帶幾分憂鬱；第三層的樓窗全關著，好幾個百葉窗的格子斜支著；二層樓的走廊上，晾晒著幾件白色的衣服。

我帶著幾分莫名的悵惘，跟著我的朋友走進了大門。這裡有很清鮮的空氣，小小的院子中栽著幾株花木。樓下的房子比較新了一點，似乎曾經加過粉飾的工夫。廳堂中滿掛著字畫，一個穿西裝的中年男子在那裡和我的朋友招呼。經過他的身邊，我們走上了一條樓梯。樓上有幾個婦人和孩子在樓梯口觀望著我們。樓上的廳堂中供著神主的牌位，正中的牆壁上掛著一副面貌和善的老人的坐像，從香爐中盤繞出幾縷殘煙，帶著沉幽的氣息。供桌外面擺著兩張方桌，最外面的一張桌上放著幾雙碗筷，預備晚餐了。我的新的住室就在廳堂東邊第一間，兩個門：一個通廳堂，一個朝南通走廊的兩扇玻璃門。從朝東的窗子望出去，可以看見鄰家園子裡的極大的榕樹。床鋪和桌椅已由我的朋友代我布置好，我打發挑夫走了，便開始整理我的行李。

婦人和孩子們走到我的房裡來了，眼中露著好奇的光。

「請坐，請坐，」我招待她們說。

她們嘻嘻笑著，點了點頭，似乎會了意。

「這是二房東孫先生的夫人，」我的朋友指著一位面色黝黑的三十餘歲的婦人，對我介紹說。

「這位老太太是住在廳堂那邊，李先生的母親，」他又指著一個和善的白頭髮的老婦人，說。

「這兩位女人是他們的親戚……」

「啊！啊，請她們坐罷，」我說。

她們仍嘻嘻的笑著，好奇的眼光不息的在我的身上和我的行李上流動。

最後我的朋友操著流利的本地話和她們說了。他是在介紹我，說我姓王，在某一個學校當教員，現在放了假，到某一家報館來做編輯了。

「上海郎？」那位老太太這樣的問。

「上海郎，」我的朋友回答說。

我不覺笑了。這樣的話我已經聽見不少的次數，只要是說普通話，或者是說類似普通話的人，在這裡是常被本地人看做上海人的。「上海」，這兩個字在許多本地人的腦中好像是福建以外的一個版圖很大的國名，它包含著：遼寧，吉林，黑龍江，河北，河南，山東，江蘇，浙江，山西，陝西，甘肅，四川，湖北，湖南，江西，……一句話，這就等於中國的別名了。我的朋友並非不知道我不是上海人，只因這地方的習慣，他就順口的承認了。

「上海郎！紅阿！」忽然一個孩子在我的身邊低聲的試叫起來。

黃昏已在房內撒下了朦朧的網，我不十分能夠辨別出這孩子的相貌。他約莫有

四、五歲年紀，很覺瘦小，一身骯髒的灰色衣服，左眼角下有一個很長的深的疤痕，好像被誰挖了一條溝。

「頑皮的孩子！」我想，心裡頗有幾分不高興。雖然是孩子，我覺得他第一次這樣叫我是有點輕視的意味的。

「阿品！」果然那老太太有點生氣了，她很嚴厲的對這孩子說了一些本地話，

「——紅先生！」

「紅先生……」孩子很小心的學著叫了一句，聲音比前更低了。

「紅先生！」另外在那裡呆望著的三個小孩也跟著叫了起來。

我立刻走過去，牽住了他的小手，蹲在他的面前。我看見他的眼睛有點潤溼了。

我撫摩著他的臉，轉過頭來向著老太太說：「好孩子哪！」

「好孩寄？——Peh！」她笑著說。

「裡姓西米？」我操著不純粹的本地話問這孩子說。

「姓……譚！」他沉著眼睛，好像想了一想，說。

「他姓陳，」我的朋友立刻插入說，「在這裡，陳字是念做譚字的。」

我點了一點頭。

「他是這位老太太的外孫——喔，時候不早了，我們出去吃飯吧！」我的朋友對我說。

我站起來，又望了望孩子，跟著我的朋友走了。

阿品，這瘦小的孩子，他有一對使人感動的眼睛。他的微黃的眼珠，好像蒙著一層薄的霧，透過這薄霧，閃閃的發著光。兩個圓的孔彷彿生得太大了，顯得眼皮不易合攏的模樣，不常看見它的眨動，它好像永久是睜開著的。眼珠往上泛著，下面露出了一大塊鮮潔的眼白，像在沉思什麼，像被什麼所感動。在他的眼睛裡，我看見了憂鬱、悲哀。

「住在外婆家裡，應該是極得老人家的撫愛的——他的父母可在這裡？」在路上，我這樣的問我的朋友。

「沒有，他的父親是工程師，全家住在泉州。」

「那麼，為什麼願意孩子離開他們呢？」我好像一個偵探似的，極想知道他的一切。「大概是因為外婆太寂寞了吧?」

「不,外婆這裡有三個孫子,不會寂寞的。聽說是因為那邊孩子太多了,才把他送到這裡來的哩!」

「喔——」

我沉默了,孩子的兩個憂鬱的眼睛立刻又顯露在我的眼前,像在沉思,像在凝視著我。在他的眼光裡,我聽見了微弱的憂鬱的失了母愛的訴苦;看見了一顆小小的悲哀的心……

第二天早晨,阿品獨自到了我的房裡。「紅先生!」他顯出高興的樣子叫著,同時睜著他的沉思的眼睛凝望著我。我叫著他的名字,走過去牽住了他的小手。這房子,在他好像是一個神異的所在,他凝視著桌子,床鋪,又抬起頭凝望著壁上的畫片。他的眼光的流動是這樣的遲緩,每見著一樣東西,就好像觸動了他的幻想,呆住了許久。

「紅先生!」他忽然指著壁上的一張相片,笑著叫了起來。

我也笑了,他並不是叫那站在他的身邊的王先生,他是在和那站在亭子邊,挾著一包東西的王先生招呼，我把這相片取下來，放在椅子上。他凝視了許久，隨後伸出一隻小指頭，指著那一包東西說了起來。我不懂得他說些什麼，只猜想他是在問我，拿著什麼東西。「幾本書，」我說。他抬起頭來望著我，口裡咕嚕著。「書！」我更簡單的說，希望他能夠聽出來。但他依然凝視著我，顯然他不懂得。我便從桌上拿起一本書，指著說，「這個，這個，」他明白了，指著那包東西，叫著「茲！茲！」「讀茲？」我問他說。「讀茲，裡讀茲！」他笑著回答。「這個叫西米？」我指著茶壺。「隊閣。」「這叫西米？」我指著茶杯。「隊杯，」「隊閣，隊杯！隊閣，隊杯！」我重覆的唸著。想立刻記住了本地音。「隊閣，隊杯！隊閣，隊杯！」他笑著，緩慢的張著小嘴，泛著沉思的眼睛，故意反學我了。薄的紅嫩的兩唇，配著黃黑殘缺的牙齒，張開來時很像一個破爛了的小石榴。

從這一天起，我有了一個很好的教師了，他不懂得我的話，我也不懂得他的話，但大家嘰哩咕嚕的說著，經過了一番推測，做姿勢以後，我們都能夠了解幾分。就在這種情形中，我從他那裡學會了幾句本地話。清晨，我還沒有起床的時候，他已經輕輕地敲我的門。得到了我的允許，他進來了。爬上凳子，他常常抽開屜子找東西玩耍。一張紙，一枝鉛筆，在他都是好玩的東西。他亂塗了一番，把紙搓成團，隨後又展開來，又搓成了團。我曾經買了一些玩具給他，但他所最愛的卻是晚上的蠟燭。一到我房裡點起蠟燭，他就跑進來凝視著蠟燭的溶化，隨後挖著凝結在燭旁的餘滴，用一隻洋鐵盒子裝了起來。我把它在火上燒溶了，等到將要凝結時，取出來捻成了魚或鴨。他喜歡這蠟做的東西，但過了幾分鐘，他便故意把它們打碎，要我重做。於是我把蠟燭捻成了麻雀，猴子，隨後又把破爛的麻雀捻成了碗，把猴子捻成了筷子和湯匙，最後這些東西又變成了人、兔子、牛、羊……他笑著叫著，外婆家裡一個十二、三歲的丫頭幾次叫他去吃晚飯，只是不理她。「吃了飯再來玩吧，」我推著他去，也不肯走。最後外婆親自來了，她嚴厲地說了幾句，好像在說：如果不回去，今晚就關上門，不準他回去睡覺，他才走了，走時還把蠟燭帶了去。吃完飯，他又來繼續玩耍，有幾次疲倦了就躺在我身上，問他睡在這裡吧，他並不固執的要回去，但隨後外婆來時，也便去了。

阿品有一種很好的習慣，就是拿動了什麼東西必定把它歸還原處。有一天，他在我抽屜裡發現了一隻空的美麗的信封盒子。他顯然很喜歡這東西，從家裡搬來了一些舊的玩具，裝進在盒子裡。搖著，反覆著，來回走了幾次，到晚上又把玩具取出來搬回了家，把空的盒子放在我的抽屜裡。盒子上面本來堆集著幾本書，他照樣地放好了。日子久了，我們愈加要好起來，像一家人一樣，但他拿動了我的房子裡的東西，還是要把它放在原處。此外，他要進來時，必定先在門外敲門或喊我，進了門或出了門就豎著腳尖，握著門鍵的把手，把門關上。

阿品的舅舅是一個畫家，他有許多很好看的畫片，但阿品絕不去拿動他什麼，也不跟他玩耍。他的舅舅是一個嚴肅寡言的人，不大理睬他，阿品也只遠遠地凝望著他。他有三個孩子都穿得很漂亮，阿品也不常和他們在一塊玩耍。他只跟著他的公正慈和的外婆。自從我搬到那裡，他才有了一個老大的伴侶。雖然我們彼此的語言都聽不懂，但我們總是嘰哩咕嚕的說著，也互相了解著，好像我完全懂得本地話，他也完全懂得普通話一樣。有時，他高興起來，也跟我學普通話，代替了遊戲。

「茶壺！」我指著桌上的茶壺說。

「茶渦！」他學著說。

「茶杯！」

「茶杯！」

「茶瓶！」

「茶餅！」

「這個叫西米？」我指著茶壺，問他。

「茶餅！」他睜著眼睛，想了一會，說。

「不，茶壺！」

「茶渦！」

「這個？」我指著茶杯。

「茶杯！」

「這個？」我指著茶壺。

「茶渦！」他笑著回答。

待他完全學會了，我倒了兩杯茶，說。「請，請！喝茶，喝茶！」

於是他大笑起來，學著說：「請，請，喝茶！喝茶！裡夾，裡夾！」

「你喝，你喝！」我改正了他的話。

他立刻知道自己說錯了，又哈哈大笑起來。隨後卻又故意說：「你喝，你喝！裡夾，裡夾。」

「夾裡，夾裡！」我緊緊地抱住了他，吻著他的面頰。

他把頭貼著我的頭，靜默地睜著眼睛，像有所感動似的。我也靜默了，一樣地有所感動。他，這可愛的阿品，這樣幼小的時候，就離開了他的父母，失掉了慈愛的親熱的撫慰，寂寞伶什地寄居在外婆家裡，該是有著莫名的悵惘吧？外婆雖然是夠慈和了，但她還有三個孫子，一個兒子，又沒有媳婦，須獨自管理家務，顯然是沒有多大的閒空可以盡量的撫養外孫，把整個的心安排在阿品身上的。阿品是不是懂得這個，有所感動呢？我不知道。但至少我是這樣地感動了。一樣的，我也離開了我的老年的父母，伶什地寂寞地在這異鄉。雖說是也有著不少的朋友，但世間有什麼樣的愛情能和生身父母的愛相比呢？……他願意占有我嗎？是的，我願意占有他，永不離開他……讓他做我的孩子，讓我們永久在一起，讓膠一般的把我們黏在一起……

「但是，你是誰的孩子呢？你姓什麼呢？」我含著眼淚這樣地問他。

他用驚異的眼光望著我。

「裡姓西米？」

「姓譚！」

「不，」我搖著頭，「裡姓王！」

「裡姓紅，瓦姓譚！」

「我姓王，裡也姓王！」

「瓦也姓紅，裡也姓紅！」他笑了，在他，這是很有趣味的。

於是我再重複的問了他幾句，他都答應姓王了。

外婆從外面走了進來，聽見我們的問答，對他說：「姓譚！」但是他搖了一搖頭，說：「紅。」外婆笑著走了。外婆的這種態度，在他好像一種准許，從此無論誰問他，他都說姓王了，有些人對他取笑說，你就叫王先生做爸爸吧，他就笑著叫我一聲爸爸。

這原是徒然的事，不會使我們滿足，不會把我們中間的缺陷消除，不會改變我們的命運的。但阿品喜歡我，愛我，卻是足夠使我暫時自慰了。

一次，我們附近做起馬戲來了。我們可以在樓頂上望見那搭在空地上的極大的帳篷，帳篷上滿綴著紅綠的電燈，晚上照耀得異常的光明，軍樂聲日夜奏個不休。滿街貼著極大的廣告，列著一些驚人的節目：獅子、熊、西班牙女人、法國兒童、非洲男子……登場奏技，說是五國人合辦的，叫做世界馬戲團。承朋友相邀，我去看了一次，覺得兒童的走索，打鞦韆，女人的跳舞，矮子翻跟斗，阿品一定喜歡看，特選了和這節目相同，而沒有獅子、熊奏技的一天，得到了他的外婆的同意，帶他到馬戲場去。場內三等的座位已經滿了，只有頭二等的票子，二等每人二元，兒童半價，我只帶了兩塊錢。我要回家取錢，阿品卻不肯，拉著我的手定要走進去，他聽不懂我的話，以為我不看了，急得眼淚都快流出來。直到我在那裡遇見了一位朋友，阿品才高興的跳躍著跑了進去。

幾分鐘後，幕開了。一個美國人出來說了幾句恭敬的英語，接著就是矮子的滑稽的跟斗。阿品很高興的叫著，搖著手，像表示他也會翻跟斗似的。隨後一個十二、三歲的女孩子出來了。她攀著一根索子一直揉到帳篷頂下，在那裡，她縱身一跳，攀住了一個鞦韆，即刻踏住木板，搖盪幾下翻了幾個轉身，又突然一翻身，落下來，兩腳勾住了木板。這個鞦韆架搭得非常高，底下又無遮攔，倘使技術不嫻熟，落到地上，粉身碎骨是無疑的。在悠揚的軍樂中，四面的觀眾都齊聲鼓起掌來，驚羨這小小女孩子的絕技。我轉過臉去看阿品，他只是睜著眼睛，驚訝的望著，不做一聲。他的額角上流著許多汗。這時正是暑天的午後，陽光照在篷布上，場內坐滿了人，外婆又給阿品罩上了一件乾淨的藍衣，他一定太熱了，我便給他脫了外面的罩衣，又給他抹去頭上的汗。但是他一手牽著我的手，一手指著地，站了起來。我不懂得他的意思，猜他想買東西吃，便從衣袋裡摸出一包糖來，遞給了他，扯他再坐下來。他接了糖沒有吃，望了一望鞦韆架上的女孩子，重又站起來要走。這樣的扯住他幾次，我看見他的眼中包滿了眼淚。我想，他該是要小便了，所以這樣的急，便領他出了馬戲場。牽著他的手，我把他帶到一個僻靜的角落裡，但他只是東張西望，卻不肯小便。我知道他平常是什麼事情都不肯隨便的，又把他帶到一處更僻靜，看不見一個人的所在。但他仍不肯小便。許是要大便了，我想，從袋裡拿出一張紙來，扯扯他的褲子，叫他蹲下。他依然不肯。他只嘰哩咕嚕的說著，扯著我的手要走。難道是要吃什麼嗎？我想。帶他在許多攤旁走過去，指著各種食品問他，但他搖著頭，一樣也不要，扯他再進馬戲場又不肯。這樣，他著急，我也著急了。十幾分鐘之後，我只好把他送回了家，我想，大概是什麼地方不舒服吧？倒給他擔心起來。一見著外婆，他就跑了過去，流著眼淚，指手畫腳的說了許多話。

「有什麼事嗎？」我問他的舅舅說，「為什麼就要離開馬戲場呢？」

「真是蠢東西，說是翻秋千的女孩子這樣高的地方掉下來怎麼辦呢？所以不要看了哩！」他的舅舅埋怨著他，這樣的告訴我。

咳，我才是蠢東西呢！我一點也沒有想到這上面來，我完全忘記了阿品是一個孩子，是一個有著潔白的紙一樣的心的孩子，是一個富於同情心的孩子！我完全忘記了這個，我把他當做大人，當做了一個有著蠻心的大人看待，當做了和我一樣殘忍的人看待了……

從這一天起，我不敢再帶阿品到外面去玩耍了。我只很小心的和他在屋子裡玩耍。沒有必要的事，我便不大出門。附近有海，對面有島，在沙灘上夠我閒步散悶，但我寧願守在房裡等待著阿品，和阿品作伴。阿品也並不喜歡怎樣的到外面去，他的興趣完全和大人的不同。房內的日常的用具，如桌子，椅子，床鋪，火柴，手巾，面盆，報紙，書籍，甚至於一粒沙，一根草，在他都可以發生興味出來。

一天，他在地上拾東西，忽然發見了我的床鋪底下放著一雙已經破爛了的舊皮鞋。他爬進去拿了出來，不管它罩滿了多少的灰塵，便兩腳踏了進去。他的腳是這樣的小，舊皮鞋好像成了一隻大的船。他搖擺著，拐著，走了起來，發著鐵妥鐵妥的沉重聲音。走到桌邊，把我的帽子放在頭上，一直罩住了眼皮，向我走來，口裡叫著：「紅先生來了，紅先生來了！」

「王先生！」我對他叫著說：「請坐！請坐！喝茶，喝茶！」

「喔！多謝，多謝！」他便大笑起來，倒在我的身邊。

他喜歡音樂，我買了一隻小小的口琴給他，時常來往吹著。他說他會跳舞，喊著一二三，突然坐倒在地下，翻轉身，打起滾來，又爬著，站起來，衝撞了幾步——跳舞就完了。

兩個月後，阿品的父親帶著全家的人來了。兩個約莫八、九歲的女孩，一個才會跑路的男孩，阿品母親的肚子裡還懷著一個六、七個月的孩子。他的父親是一個頗有才幹的人，普通話說得很流利，善於應酬。阿品的母親正和她的兄弟一樣，有著一副嚴肅的面孔，不大露出笑容來，也不大和別人講話。女孩的面貌像她的父親，有兩顆很大的眼睛；男孩像母親，顯得很沉默，日夜要一個丫頭背著。從外形看來，幾乎使人疑心到阿品和他的姊弟是異母生的，因為他們都比阿品長得豐滿，穿得美麗。

「阿品現在姓王了！」我笑著對他的父親說。

「你姓西米，阿品？」

「姓紅！」阿品回答說。

他的父親哈哈笑了，他說，就送給王先生吧！阿品的母親不做聲，只是低著頭。

全家的人都來了，我倒很高興，我想，阿品一定會快樂起來。但阿品卻對他們很冷淡，尤其是對他的母親，生疏得幾乎和他的舅舅一樣。他只比較的歡喜他的父親，但暗中帶著幾分畏懼。阿品對我並不因他們的來到稍為冷淡，我仍是他的唯一的伴侶，他寧願靜坐在我的房裡。這情形使我非常的苦惱，我願意阿品至少有一個親愛的父親或母親，我願意因為他們的來到，阿品對我比較的冷淡。為著什麼，他的父母竟是這樣的冷淡，這樣的歧視阿品，而阿品為什麼也是這樣的疏遠他們呢？呵，正需要陽光一般熱烈的小小的心……

從我的故鄉來了一位同學，他從小就和我在一起，後來也時常和我一起在外面。為了生活的壓迫，他現在也來廈門了。我很快樂，日夜和他用寧波話談說著關於故鄉的情形。我對於故鄉，歷來有深的厭惡，但同時卻也十分關心，詳細的詢問著一切。阿品露著很驚訝的眼光傾聽著，他好像在竭力地想聽出我們說的什麼，總是呆睜著眼睛像沉思著什麼似的。

但三、四天後，他的眼睛忽然活潑了。他對於我們所說的寧波話，好像有所領會，眼睛不時轉動著，不復像先前那般的呆著，凝視著，同時他像在尋找什麼，要喚回他的某一種幻影。我們很覺奇怪，我們的寧波話會引起他特別的興趣和注意。

「報紙阿旁滑姆未送來，」我的朋友要看報紙，我回答他說，報紙大約還沒有送來，送報的人近來特別忙碌，因為政局有點變動，訂閱報紙的人突然增加了許多……

阿品這時正在翻抽屜，他忽然轉過頭來望著我，嘴唇翕動了幾下，像要說話而一時說不出來的樣子。隨後他搖著頭，用手指著樓板。我們不懂得他的意思，問他要什麼，他又把嘴唇翕動了幾下，仍沒有發出聲音來。他呆了一會，不久就跑下樓去了。回來時，他手中拿著一份報紙。

「好聰明的孩子，聽了幾天寧波話就懂得了嗎？」我驚異地說。

「怕是無意的吧，」我的朋友這樣說。

一樣的，我也不相信，但好奇心驅使著我，我要試驗阿品的聽覺了。

「阿品，口琴起駝來吹吹好勿？」

他呆住了，彷彿沒有聽懂。

「口琴起駝來！」

「口琴起駝來！」我的朋友也重覆地說。

他先睜著沉思的眼睛，隨後眼珠又活潑起來。翕動了幾下嘴唇，出去了。

拿進來的正是一個口琴！

「滑有一隻Angwa！」我恐怕本地話的報紙，口琴和寧波話有點大同小異，特別想出了寧波小孩叫牛的別名。

但這一次，他的眼睛立刻發光了，他高興得叫著：Angwa！Angwa！立刻出去把一匹泥塗的小牛拿來了。

我和我的朋友都呆住了。為著什麼緣故，他懂得寧波話呢？怎樣懂得的呢？難道他曾經跟著他的父親，到過寧波嗎？不然，怎能學得這樣快？怎能領會得出呢？絕不是猜想出來，猜想是不可能的。他曾經懂得寧波話，是一定的。他的嘴唇翕動，要說而說不出來的表情，很可以證明他曾經知道寧波話，現在是因為在別一個環境中，隔了若干時日生疏了，忘卻了。

充滿著好奇的興趣，我和我的朋友走到阿品父親那裡。我們很想知道他們和寧波人有過什麼樣的關係。

「你先生，曾經到過寧波嗎？」我很和氣的問他，覺得我將得到一個與我故鄉相熟的朋友了。

「莫！莫！我沒有到過！」他很驚訝的望著我，用夾雜著本地話的普通話回答說。

「阿品不是懂得寧波話嗎？」

他突然呆住了，驚愕地沉默了一會，便嚴重的否認說：「不，他不會懂得！」

我們便把剛才的事情告訴了他，並且說，我們確信他懂得寧波話。

「兩位先生是寧波人嗎？」他驚愕地問。

「是的，」我們點了點頭。

「那麼一定是兩位先生誤會了，他不會懂得，他是在廈門生長的！」他仍嚴重的說。

我們不能再固執的追問了。不知道其中還有什麼關係，阿品的父親頗像失了常態。

第二天早晨，我在房裡等待著阿品，但八、九點過去了，沒有來敲門，也不聽見外面廳堂裡有他的聲音。

「跟他母親到姨媽家裡去了，」我四處尋找不著阿品，便去詢問他的父親，他就是這樣的淡淡地回答了一句。

天漸漸昏暗了，阿品沒有回來。一天沒有看見他，我像失去了什麼似的，只是不安的等待著。我真寂寞，我的朋友又離開廈門了。

長的日子！兩天三天過去了，阿品依然沒有回來！自然，和他母親在一起，阿品是不會有什麼意外的，但我卻不自主的憂慮著：生病了嗎？跌傷了嗎？……

在焦急和苦悶的包圍中，我一連等待了一個星期。第八天下午，阿品終於回來了。他消瘦了許多，眼睛的周圍起了青的色圈，好像哭過一般。

「阿品！」我叫著跑了過去。

他沒有回答，畏縮地倒退了一步，呆睜著沉思的眼睛。我抱住他，吻著他的面頰，心裡充滿了喜悅。我所失去的，現在又回來了。他很感動，眼睛裡滿是喜悅與悲傷的眼淚。但幾分鐘後，他若有所驚懼似的，突然溜出我的手臂，跑到他母親那裡去了。

這一天下午，他只到過我房裡一次。沒有走近我，只遠遠的站著，睜著沉思的眼睛凝望著我，我走過去牽他時，他立刻走出去了。

幾天不見，就忘記了嗎？我苦惱起來。顯然的，他對我生疏了。他像有意的在躲避著我。我們中間有了什麼隔膜嗎？

但一、兩天後，阿品到我房子裡的次數又漸漸加多了。雖然比不上從前那般的親熱，雖然他現在來了不久就去，可是我相信他對我的感情並未冷淡下來。他現在不很做聲了，他只是凝望著我，或者默然靠在我的身邊。

有一種事實，不久被我看出了。每當阿品走進我的房裡，我的門外就現出一個人影。幾分鐘後，就有人來叫他出去。外婆，舅舅，父親，母親，兩個丫頭，一共六個人，好像在輪流的監視他，不許他和我接近。從前，阿品有點頑強，常常不聽他外婆和丫頭的話，現在卻不同了，無論哪一個丫頭，只要一叫他的名字，他就立刻走了。他現在已不復姓王，他堅決地說他姓譚了。

為著什麼，他一家人要把我們隔離，我猜想不出來。我曾經對他家裡的人有過什麼惡感嗎？沒有。曾經有什麼事情有害於阿品嗎？沒有……這原因，只有阿品知道吧。但他的話，我不懂；即使懂得，阿品怕也不會說出來，他顯然有所恐怖的。

幾天以後，家人對於阿品的監視愈嚴了。每當阿品踱到我的門前，就有人來把他扯回去。他只哼著，不敢抵抗。但一遇到機會，他又來了，輕輕的豎著腳尖，一進門，就把門關上。一聽見門外有人叫阿品，他就從另一個門走出去，做出並未到過我房裡的模樣。有一次，他竟這樣的繞了三個圈子：丫頭從朝南的門走進來時，他已從朝西的門走了出去；丫頭從朝西的門出去時，他又從朝南的門走了進來。過了不久，我聽見他在母親房裡號叫著，夾雜著好幾種嚴厲的詈聲，似有人在虐待他的皮膚。這對待顯然是很可怕的，但是無論怎樣，阿品還是要來。進了我的房子，他不敢和我接近，只是躲在屋隅裡，默然望著我，好像心裡就滿足，就安慰了。偶然和我說起話來，也只是低低的，不敢大聲。

可憐的孩子！我不能夠知道他的被壓迫的心有著什麼樣的痛楚！兩顆凝滯的眼珠，像在望著，像沒有望著，該是他的憂鬱，痛苦與悲哀的表示吧……

小小的心

到底為著什麼呢？我反覆地問著自己。阿品愛我，我愛阿品，為什麼做父母的不願意，定要使我們離開呢？……

我不幸，阿品不幸！命運注定著，我們還須受到更嚴酷的處分：我必須離開廈門，與阿品分別了。我們的報紙停了版，為著生活，我得到泉州的一家學校去教書了。我不願意阿品知道這消息。頭一天下午，我緊張地抱著他，流著眼淚，熱烈地吻他的面頰，吻他的額角。他驚駭地凝視著我，也感動得眼眶裡包滿了眼淚。但他不知道我的痛苦的原因。隨後我鎖上了房門，不許任何人進來，開始收拾我的行李。第二天，東方微明，我就淒涼地離開了那所憂鬱的屋子。

呵，枯黃的屋頂，灰色的牆壁……

到泉州不久，我終於打聽出了阿品的不幸的消息。這裡正是阿品的父親先前工作的城市，不少知道他的人。阿品是我的同鄉。他是在十個月以前，被人家騙來賣給這個工程師的……這是這裡最流行的事：用一、二百元錢買一個小女孩做丫頭，或一個男孩做兒子，從小當奴隸使用著……這就是人家不許阿品和我接近的原因了。可憐的阿品！……

幾個月後，直到我再回廈門，阿品已跟著他的父親往南洋去。

我不能再見到阿品了……

他們戀愛了

平南中學的空氣突然緊張了。學生們三個一群，四個一群的聚集在不同的地點，低聲地談論著同一個問題，在各人的臉上，顯現著好奇，驚愕，懷疑，憂鬱，悲哀，憐憫，嫉恨，憤怒，因為，他們戀愛了——蘇先生和康女士。

怎樣發生的呢？是真愛情還是假愛情？蘇先生可曾娶了妻子？有過愛人沒有？康女士可有別的戀人？曾經和別人訂了婚沒有？這種種，便是大家從早晨到夜間所研究的唯一的功課。

「先生和學生戀愛，是天下奇聞！」散學後，在柳樹底下，方同學憤然對大家說，「先生比我們學生高一輩，好像父母叔伯。天下沒有父母叔伯可以和子女子侄戀愛的道理！哼！顛倒人倫！」

「我們請他來教書，是教我們大家！」張同學這樣的說，「他應該把他的全副精神放在我們大家身上！現在，他居然和康女士戀愛起來，把他的精神集中在一個人身上，那他顯然是把我們丟開了！」

「我倒不是這樣意見，」密司彭皺著憂愁的長的眉毛，說，「只要是真正的戀愛，我以為先生和學生不成問題？」

「哼！」方同學瞥了密司彭一眼，憤然接續了下去，「倘若他家裡已經有了妻子呢？」

「那也得看他們有沒有愛情？」一個嬌小玲瓏的密司潘紅著臉說。

「那麼呵！那麼，照兩位密司的意見，我們不該反對，應該贊成嗎？」

張同學有點生氣了。他的第一句話本想說出別的意思來，但話到喉嚨裡，又突然留住了。於是他只問了這一句話。

「贊成？反對？我還沒有想到，不過這是一個很該注意的問題。」密司彭憂鬱的說。她是一個善於憂愁，一切慎重的女孩。

「一個問題的發生，我們應該有我們自己的判斷，」方同學嚴厲的說，「不是反對便是贊成，不是贊成便是反對，絕沒有模棱兩可的！現在，這問題已鬧得全校鼎沸了。我們和康女士同班，又很接近，我們得早一點決定我們的態度。這裡的同學既然有幾位沒有決定，又有幾位沒有表示，我們還是去問問夏老師的意見吧！」

「不錯呵！夏老師一定會有更切實的意見的！」密司潘高興的叫了起來。

「去吧！去吧！」大家都同意了。

夏老師是平南中學最得學生信仰的一位教師。他有一個瘦長的身材，細長的脖頸，一副清秀的面貌，兩顆流動而閃爍的眼珠，尖削的下巴上長滿了鬍鬚，很像是因為他剃得太勤快，和天天放在桌上的鉗子用得太多了，所以即使連根拔了去，卻愈加蔓延得多了。但因此，他也就愈加令人起敬：活潑的眼珠和清秀的面貌代表著他的青春，短黑的鬍鬚，象徵著他的學問。從他的細小的嘴裡，吐出來的話常帶幾分滑稽的意味，在滑稽中又含著尖刻，他雖然只在平南中學校擔任地理課，但關於文學方面，上自孔子刪《詩經》，屈原作《離騷》，下至胡適博士倡文學革命，辦《新青年》，都像親身經歷過一樣，知道得清清楚楚。而且，莎士比亞是英國人，哥德是德國人，托爾斯泰、杜斯退益夫斯基、屠格涅夫是俄國人，大仲馬、小仲馬、巴爾扎克是，他不僅知道他們的原名的寫法，他還記得每個人的生卒年月，或竟至時日。關於這些人的作品，他是讀了很多的。而且，不但讀了很多，他自己也還會提起筆來，寫幾首詩，一點點隨感。「黑線」，便是他的筆名，如同大家所知道的。這種種，便是他為學生們所信仰的第一個原因，第二個原因是，他好客。他喜歡學生到他家裡來。瓜子，花生，糖，餅乾，有時一點咖啡、酒、麵、飯，甚至魚和肉，是永不會缺乏的。他的兩顆活潑的眼珠一見了人，就知道這個人有著什麼樣的情緒，到他這裡來需要什麼。例如，倘若張同學籃球丟得疲乏了，回家時懶洋洋地走過夏老師的門口，不知不覺的走了進去，往他的桌子邊一坐，喘著氣叫老師，他就會說：「疲乏了吧，——這裡有舒適的帆布椅！」又如，倘若方同學心裡苦惱了，悲哀了，一走進夏老師的門，夏老師就一眼看出了：「苦惱嗎？人生幾何！呵，喝幾杯葡萄酒吧！」又如密司潘和密司彭倘若用功過度了，眼邊起了黑圈，夏老師就會誠懇的勸告說：「哈，好孩子，求學固然要緊，但你們也該愛惜你們的身體呵！這樣年輕的……」於是這各種的話就給了各個人不同的安慰。有時聽了他的話，密司潘和密司彭的眼眶裡竟至充滿了眼淚。因這緣故，學生們對夏老師的信仰愈加深了，每一個人的腦子裡，好像在信仰之外，還築成了一道堅固的牆。這已經不是第一次了，凡遇到什麼疑難的問題，去問夏老師。

「有了什麼事吧？這許多人一起來」夏老師一瞥見他們，劈頭就是這樣說。

「自然，我們有根重要的問題，來請教老師。」

「是學校裡的事吧？呵呵，請坐！請坐！想必也於蘇先生有點連繫嗎？」

「老師怎的就猜到了呀？」密司潘露著驚異的目光，高興的說了。

「青年人除了戀愛問題，還有什麼比這更重要，更緊張呢！哈哈，坐下來吧！」

大家都圍著夏老師的長方桌坐下了。這裡一共是八個人，連夏老師在內，四邊一排：左邊第一個是夏老師、張同學、方同學、密司彭，夏老師對面是密司潘、李同學、萬同學、陳同學。夏師母，一個乾枯的，瘦削的女人，立刻和往日一樣的，殷勤地端了茶、瓜子、花生米出來，隨即又進去了。

「老師，」方同學首先說了，他是一個性急的青年。「現在學校裡已經議論紛紛了，關於蘇先生和康女士的問題。我們應該反對還是贊成呢？在沒有決定態度之前，不得不來請教老師，老師的意見怎樣，可以告訴我們嗎？」

「關於戀愛的意見嗎？哈哈！羨慕罷了！蘇先生可真有福氣，找到了密司康！像我們這些沒有愛人的青年男女可真該跳河呢！哈哈」夏老師一面說著，一面用眼光盯著坐在對面的密司潘。

「你總是喜歡開玩笑」密司潘紅著臉，對夏老師瞪著眼，埋怨似的說。

「哈哈！天下有什麼認真的事嗎？譬如戀愛 喔戀愛！」

「還是給我們一點意見吧，老師！」張同學懇切的請求說，「我和方同學的主張是覺得應該反對的呢。」

「喔，理由呢？」

「先生不應該和學生戀愛！」方同學大聲的說，「先生和父母同輩，哪裡可以顛倒人倫！」

「這就是方同學的意見，」張同學插入說，「我個人以為，先生應該把全副精神放在我們大家的身上。和女同學戀愛起來，他就是丟棄了他的責任，不配做我們的先生！」

「喔喔！」

「我不能同意方同學和張同學的意見！」密司彭堅決的勇敢的說，「方同學的禮教觀念太重，張同學的理由不充足，照張同學的說法，做先生的人豈非連飯也不該吃了？」

「哈哈。」

「哼！禮教觀念太重！蘇先生已經結了婚又怎樣說呢？」方同學氣得眼珠紅起來了。

「方同學能夠證明他的確結了婚嗎？而且，你可能知道他們有沒有愛情？」密司潘說起話來總是紅著臉，現在感覺到對面夏老師的閃爍的眼光正盯在她的面孔上，臉愈加紅了。

「不錯，不錯，大家都有道理！」夏老師一面望著密司潘，一面微笑著，說，「現在且不必爭辯，癥結的問題恐怕還不在這裡呢！」

「是呀，我不贊同方張二位的意見，並不是替蘇先生辯護，更不是贊成他們的戀愛，我覺得這個問題還應該研究。而且，」密司彭痛苦地抬起潤溼的眼睛，又突然低下頭去，說，「我感覺到極大的痛苦，自從聽見了他們戀愛的消息以後我從此沒有希望了？我失去了？我失去了最親愛的密司康了？我實在應該反對蘇先生？他，搶了我的密司康去了！」說到這裡，密司彭伏著桌子嗚咽起來，不能再接續下去。

在座的人都沉默了。有一種尖利的痛苦的感覺穿過了各個人的心坎，使每人的臉上都浮出酸苦的表情來。夏老師閉著嘴，帶著苦笑，眼光盯著對面的密司潘。密司潘的臉色不再緋紅，漸漸慘白了。張同學和其他的人都皺著眉頭。這感覺，使方同學忘記了剛才密司彭對他所說的侮辱似的言語，他的心中油然生了一種同情，對於密司彭的痛苦。不知不覺間，他伸出他的粗大的手去，緊緊地握住了密司彭的小手。他的粗大的軀幹緊貼著密司彭的瘦小的身材，他的嘴唇噏動著，但沒有說出話來。他的心裡充塞了這樣的句子：「我給你安慰，我給你安慰！」

過了許久，方同學有了適當的話了。他緊緊地握了一握密司彭的細小柔軟而暖熱的手，說：「我們給你搶回來，密司彭！」這聲音勇敢而且誠懇，有如從武士的口中出來一樣，他的每一個細胞好像都膨脹起來，充滿了生命的力。

「自然，我們必須把你的好朋友搶回來！」夏老師接著說。

於是大家的態度都跟著一致了。一致反對蘇先生和康女士的戀愛。

「反對的理由不在於先生和學生上面以及年齡的差別，省分的不同，——這種種都是無關緊要的，緊要的是：是不是真正的戀愛！」夏老師說，「不久以前，我聽說蘇先生和一個姓李的女士有過戀愛的故事。不料他老先生現在卻又和康女士戀愛了。這樣的愛了一個，丟了一個，恐怕是在故意和女士們開玩笑吧！」

「就是這個理由！」方同學叫著說。「為保障女權起見！我們必須激烈的反對！」

「又來什麼保障女權了！」密司彭抬起頭來，說，「這只是為康女士的幸福起見」

「是呵，因為康女士是我們要好的朋友，我們須得注意她一生的幸福」密司潘說。

「你們兩位永久有清晰的頭腦，熱烈的心腸，偉大的同情！我做老師的真歡喜呵！哈哈！」夏老師說著，盯視著密司潘的眼光起了一層歡樂的雲霧，像在幻想著什麼似的，密司潘的臉上又泛起了兩朵紅雲，她連忙低下頭去，用左手支持了面腮。夏老師立刻清醒了，他的眼光移到了密司潘的手腕上。

又白又嫩的豐滿的手腕！一種強烈的饑渴顯露到夏老師的眼光上，他的手微微顫動了。

「我原是一個傻小子呀！」方同學紅著臉，羞愧地說，「在老師面前，在各位哥哥，姊姊面前，說起話來，是難免糊塗的。為康同學的幸福起見——一點也不錯！她是我們的好朋友，我最敬重她，她又有學問，又會做事，她又長得」

「是呵，她又長得很美麗！白嫩嫩的皮膚，紅潤潤的面頰！而且，和你一樣年輕！」密司彭帶著一種苦笑，望著方同學說。

方同學呆住了，不知不覺的滿臉緋紅起來。在座的人幾乎都笑了。但方同學到底是一個老實人，他立刻承認自己又說錯了。

「好姊姊，我不是說過我是一個傻小子嗎？傻小子是不會說話的，別這樣的嘲笑我吧！」他第二次握住了密司彭的細小的暖熱的手。隨後又接著說：「好姊姊！我是你的弟弟呢！」

夏老師笑了：「哈哈！就叫他一聲弟弟吧！喔，做姊姊的，你可知道康女士近來快樂不快樂？」

「誰做他的姊姊！」密司彭紅了臉了，立刻推開了方同學的手，用嗔怒的聲音說，「康女士嗎？咳，有什麼快樂！還不是天天流著淚！」

「這就夠了！」

夏老師的話有道理，戀愛是幸福的，快樂的，哪裡會有痛苦，哪裡還會流淚！康女士的眼睛近來確實腫了。這便是她受騙的證據，極大的證據，大家必須一致反對，是無疑了。怎麼反對？給蘇先生一個哀的美敦書！請他走路！請他離開康女士！張同學起草，夏老師修改，萬同學謄清。時候已經七點多了，房裡早點起了燈。肚子飽了再進行，夏老師得請大家晚餐。

張同學從飯前一直想到飯後，又經過夏老師的修改，哀的美敦書草成了：逕啟者，先生與康女士發生戀愛，校內外議論紛紜，或謂先生已在故鄉娶有妻子，且生有子女，或謂先生方與另一女士相周旋。此等事實固舍先生而外，非局外人所能洞悉，亦非局外人所敢輕信。唯鑑於近日康女士之悲哀啼泣，深信先生與康女士戀愛，實非康女士之福。同人等與康女士誼屬同窗，關注其終身幸福至深，因恐其誤入不幸之陷阱，不得不對先生有所提議：即請先生於三日內離校，並與康女士從速脫離，免動公憤，致起意外為荷。此致蘇先生臺鑑。

這稿由萬同學謄清，方同學領銜，以下是張同學、萬同學、李同學、陳同學、密司彭、密司潘。方同學聲明，他和張同學明天還要去請其他的同學簽名，至少三、四十個人是有把握的。

這個問題暫告完結了，大家顯得很快活。拉雜地談了一回，始終沉默著的什麼都像不懂得不敢表示的，年輕的萬同學、李同學、陳同學首先告辭了出去。隨後張同學也走了。留在夏老師這裡的，現在還有方同學、密司彭、密司潘。他們三個人的心裡都包含著兩種相反的情緒：悲苦與歡樂。過去的幻影和未來的憧憬在他們眼前交叉地結成了繁密的網，閃爍著，旋轉著。夏老師在房中踱來踱去，一句話也沒有。他的瘦長的身材，在燈光下投出了龐大的山一般的黑影。他皺著眉，咬著牙齒，他也有了一樣的情緒。他感覺到世界在他的眼前旋轉了。蘇先生和康女士的面孔時時在他們幾個人的眼前顯現著，他們又看見了這一對男女握著手，緊貼著坐著，擁抱著，吻著這是多麼叫人憤怒呵！他們都幾乎暴躁地罵出口來了。但想到了在這房間裡的人物，大家卻又心平氣和了。一種強烈的歡樂的慾望漸漸占據了各個人的心坎，終於驅散了他們的苦惱。

方同學不能抑制這慾望了，他愈加貼近著密司彭，低低的，溫和的說：「好姊姊，叫我一聲弟弟吧！」他伸出手去。

「誰高興叫你弟弟！」密司彭發出一點點生氣的聲音，推開了他的手，跑到一個陰暗的角隅裡。

方同學呆了一會，也就輕輕的走到了那個角隅裡，「那麼，叫我壞弟弟吧！」他又握住了密司彭的細小的暖熱的手。

「壞人！」密司彭搖了一搖頭，微笑著，輕輕的說。

「不，不！壞弟弟！蠢弟弟！醜弟弟！都可以！」

「醜男子！」

「一定要叫弟弟！你看吧！」他把她的小手愈捏愈緊了。「怕痛不怕痛呢！」

「不！」密司彭強頑的說。

「現在？」他捏得更緊了。

「不！」

「這樣？」他又加了一點力。

「啊唷！放手！放手！」

「叫不叫呢？」

「叫叫！好弟弟！我的好弟弟！」她又伸出了另外一隻手。

兩個人像被神的力所推動的一般，互相抱住了，這樣的緊，黏著的一般。

「但是，我的過去是怎樣的苦惱呵！」從密司彭的眼裡，淚水流出來了。

方同學也被這悲哀和歡樂所感動，不覺湧出眼淚來。

「我給你安慰！好姊姊！我給你安慰！」他把嘴唇湊了過去

「看呵！他們戀愛了！」密司潘低低的說，扯了一扯夏老師的衣服。

她已經顫動地，心突突的跳著，呆呆地注視著那一個陰黑的角隅許久了。

夏老師突然停住了腳步，抬起頭來，吃驚地望著。他顫慄了。

「我也愛你呢！」他牽住了密司潘的柔軟的手，低聲的說。

密司潘突然倒在他的懷裡，嗚咽的哭泣了。

夏老師的眼眶潤溼了。

夜已深，街上很寂靜。門開開來，方同學、密司彭，密司潘和夏老師走了出來。

在門口，方同學牽住了密司彭的手，微笑地對夏老師說：「我們戀愛了！」

「願你們幸福！」夏老師說著，牽住了密司潘的手，「我送你回去。」

走了不遠，方同學在黑暗中回過頭來望了一望，低聲的對密司彭說：「他們也戀愛了。」

屋頂下

本德婆婆的臉上突然掠過一陣陰影。她的心像被石頭壓著似的，沉了下去。

「你沒問過我！」

這話又衝上了她的喉頭，但又照例的無聲地翕動一下嘴唇，縮回去了。

她轉過身，走出了廚房。

「好貴的黃魚！」被按捺下去的話在她的肚子裡咕嚕著。「八月才上頭，桂花黃魚，老虎屙！兩角大洋一斤，不會買東洋魚！一條吃上半個月！不做忌日，不請客！前天豬肉，昨天鴨蛋，今天黃魚！豆油不用，用生油，生油不用，用豬油，怎麼吃不窮！哼！你丈夫賺得多少錢？二十五元一個月，了不起！比起老頭以前的工錢來，自然天差地！可是以前，一個銅板買得十塊豆腐。現在呢？一個銅板買一塊！哪一樣不貴死人……我當媳婦，一碗鹹菜，一碟鹽，養大兒子，贖回屋子，哼，不從牙齒縫裡漏下來，怎有今天！今天，你卻要敗家了！……一年、兩年，孩子多了起來，看你怎樣過日！」

本德婆婆想著，走進房裡，嘆了一口氣。在她的瘦削的額上，皺紋簇成了結。她的下唇緊緊地蓋過了乾癟的上唇，窒息地忍著從心中衝出來的怒氣。深陷的兩眼上，罩上了一層模糊的雲。她的頭頂上豎著幾根稀疏的白髮，後腦綴著一個假髮髻，她的背已經往前彎了。她的兩隻小腳走動起來，有點踉蹌。她的年紀，好像有了六、七十歲，但實際上她還只活了五十四年。別的女人生產太多，所以老得快，她卻是因為工作的勞苦。四十五歲以前的二十幾年中，她很少休息，她雖然小腳，她可做著和男子一樣的事情。她給人家挑擔，礱穀，舂米，磨粉，種菜。倘若三年前不害一場大病，也許她現在還是一個很強健的女工。但現在是全都完了。一切都出於意外的突然衰弱下來，眼睛，手腳，體力，都十分不行了。而且因為缺乏好的調養，還在繼續地衰弱著。照阿芝叔的意思，他母親的身體是容易健康起來的，只要多看幾次醫生，多吃一些藥。但本德婆婆卻捨不得用錢。「自己會好的，」她固執地這樣說，當她開始害病的時候。直至病得愈加厲害，她知道醫得遲了，愈加不肯請醫生。她說已經醫不好了，不必白費錢。「年紀本來也到了把啦，瓜熟自落。」她要把她歷年積聚下來的錢，留作別的更大的用處，於是這病一直拖延下來，有時彷彿完全好了，有時又像變了癆病，受不得冷，當不得熱，咳嗽，頭暈，背痛，腰酸，發汗，無力。「補藥吃得好，」許多人都這樣說。但是她搖著頭說：「那還了得，像我們這樣人家吃補藥！」她以前並不是沒有害過病，可都是自己好的，沒有吃過藥，更不曾吃過補藥。她一面發熱，一面還要礱穀，舂米。「像現在，既不必做苦工，又不必風吹晒太陽，病不好，是天數，一千劑、一萬劑補藥都是徒然的，」她說。

「不會長久了，」她很明白，而且確信。她於是急切地需要一個繼承她的事業的人。阿芝叔已經二十五歲了，近幾年來在輪船上做茶房，也頗刻苦儉約，曉得爭氣，但沒有結婚，可不能算已成家立業，她的責任還未全盡，而她辛苦一生的目的也還沒有達到。雖然她明白瓜熟自落，人老終死，沒有什麼捨不得，要是真的一場大病死了，她死不瞑目，永久要在地下抱憾的。兒子沒有成家，她的一切過去的努力便落了空。因此，她雖然病著，她急忙給阿芝叔討了一個媳婦來了。

「我的擔子放下了，」她很滿意的說。身體能夠健康起來，是她的福，倘若能夠抱到孫子，更是她無邊的福了。至於後來挑擔子的人怎樣，也只好隨他們去。她現在已經繳了印，一切裡外的事情交給兒子和媳婦去主張。她的身體壞到這個樣子，在家一天，做一天客人。

「有什麼錯處，不妨罵她，」阿芝叔臨行時這麼對她說。

這話夠有道理了。自己的兒子總是好的。年輕的人自然應該聽長輩的教訓。但她可絕不願意罵媳婦。雖然媳婦不是自己生的，她可是自己的兒子的親人。

「曉得我還活得多少日子，有現成飯吃，就夠心滿意足了。」

「自然你不必再操心了，不過她到底才當家，又初進門，年紀輕。」

「安心去好啦，她生得很忠厚，又不笨，不會三長兩短的！」本德婆婆望著媳婦在旁邊低下發紅的臉，惆悵的別情忽然找著了安慰，不覺微笑起來。

然而阿芝叔的話的確是有道理的，阿芝嬸年紀輕，初進門，才當家，本德婆婆雖然老了而且有病，可不能不時時指點她。當家有如把舵，要精明，要懂得人情世故，要刻苦，要做得體面。一個不小心，觸到暗礁，便會闖下大禍，弄得家破人亡的。現在本德婆婆已經將舵交給了阿芝嬸了，但她還得給她瞭望，給她探測水的深淺，風雨的來去，給她最好的最有經驗的意見，有時甚至還得幫她握著舵。本德婆婆明白這些。她希望由她辛苦地創造了幾十年的家庭一天比一天好起來。於是她的撒手的念頭又漸漸消滅了。她有病，她需要多多休養，但她仍勉強地行動著，注意著，指點著。凡她勝任的事情，她都和阿芝嬸分著做。

天還沒有亮，本德婆婆已像往日似的坐起在床上，默然思忖著各種事情。待第一線黯淡的晨光透過窗隙，她咳嗽著，打開了窗和門。「可以起來了，」她喊著阿芝嬸，一面便去拿掃帚。

「我會掃的，婆婆，你多困一會吧，大清早哩。」

「起早慣了，睡不熟，沒有事做也過不得。你去煮飯吧，我會掃的。……一天的事情，全在早上。」

掃完地，本德婆婆便走到廚房，整理著碗筷，該洗的洗，該覆著的覆著，該拿出來的拿出來，幫著阿芝嬸。吃過飯，她又去整理箱裡的衣服鞋襪，指點著阿芝嬸，把舊的剪開，拼起來，補綴著。

一天到晚，都有事做。做完這樣，本德婆婆又想到了那樣。她的瘦小的腿子總是跟蹌地拖動著小腳來往的走著。她說現在阿芝嬸當家了，但實際上卻和她自己當家沒有分別。

這使阿芝嬸非常的為難。婆婆雖然比不得自己的母親，她可是自己丈夫的母親，她現在身體這樣壞，怎能再辛苦。倘若有了三長兩短，又如何對得住自己的丈夫。既然是自己當家了，就應該給婆婆吃現成飯。「啊呀，身體這樣壞，還在這裡做事體！媳婦不在家嗎？」鄰居已經說了好幾次了，這話幾乎比當面罵她還難受。可不是，擺著一個年輕力壯的媳婦，讓可憐的婆婆辛苦著，別人一定會猜測她偷懶，或者和婆婆講不來話的。她也曾竭力依照婆婆的話日夜忙碌著，她想，一切都一次做完了，應該再沒有什麼事了，哪曉得本德婆婆像一個發明家似的，盡有許多事情找出來。補完冬衣，她又拿出夏衣來；上完一雙鞋底，她又在那裡調漿糊剪鞋面。揩過窗子，她提著水桶要抹地板了。她家裡只有這兩個人，但她好像在那裡預備十幾個人的家庭一樣。阿芝嬸還沒有懷孕，本德婆婆已經拿出了許多零布和舊衣，拿著剪刀在剪小孩的衣服，教她怎樣拼，怎樣縫，這一歲穿，這三歲穿，這可以留到十二歲，隨後又可以留給第二個孩子，第三個孩子。她常常嘆著氣說，她不會長久，但她的計畫卻至少還要活幾十年的樣子。阿芝嬸沒有辦法，最後想在精神方面給她一點安逸了。

「婆婆，今天吃點什麼菜呢？」這幾乎是天天要問的。

「你自己主意好了，我好壞都吃得下。」每次是一樣的回答。

阿芝嬸想，這麻煩應該免掉了。婆婆的口味，她已經懂得。應該吃什麼菜，阿芝叔也關照過：「身體不好，要多買一點新鮮菜。她捨不得吃，要逼她吃。」於是她便慢慢自己做起主意來，不再問婆婆了。

然而本德婆婆卻有點感到冷淡了，這冷淡，在她覺得彷彿還含有輕視的意思。而且每次要帶一點好的貴的菜回來，更使她心痛。她自己是熬慣了嘴的，倘不是從牙齒縫裡省下來，哪有今日。媳婦是一個年輕的人，自然不能和她並論。她也認為多少要吃得好一點。不過也須有個限制。例如，一個月中吃一、兩次好菜，就盡夠了。若說天天這樣，不但窮人，就連財百萬也沒有幾年好吃的。因為媳婦才起頭管家，本德婆婆心裡雖然不快活，可是一向緘默著，甚至連面色也不肯露出來。起初她還陪著吃一點，後來只撥動一下筷子就完了。她不這樣，阿芝妹是不吃的。倘若阿芝嬸也不吃，她可更難過，讓煮得好好的菜壞了去。

然而今天，本德婆婆實在不能忍耐了。

「你沒有問過我！」這話雖然又給她按捺住，樣子卻做不出來了。她的臉上滿露著不能掩飾的不快活的神色，緊緊地閉著嘴，很像無法遏抑心裡的怒氣似的，她從廚房走出來，心像箭刺似的，躺在床上嘆著氣，想了半天。

吃飯的時候，金色的，鮮潔的，美味的黃魚擺在本德婆婆的面前，本德婆婆的筷子只是在素菜碗裡上下。

「婆婆，趁新鮮吧。煮得不好呢。」阿芝嬸催過兩次了。

「嗯，」這聲音很沉重，滿含著怒氣。她的眼光只射到素菜碗裡，怕看面前的黃魚似的。

吃晚飯的時候，魚又原樣地擺在本德婆婆的面前。但是本德婆婆的怒氣仍未息。

「婆婆，過夜會變味呢。」

「你吃吧，」聲音又有點沉重。

第二天早晨，本德婆婆只對黃魚瞟了一眼。

阿芝嬸想，婆婆胃口不好了。這兩天顏色很難看，說話也懶洋洋的，不要病又發了，清早還聽見她咳嗽了好幾聲，藥不肯吃，只有多吃幾碗飯。葷菜似乎吃厭了，不如買一碗新鮮的素菜。

於是午飯的桌上，芋艿代替了黃魚。

本德婆婆狠狠地瞟了一眼。

這又是才上市的！還只有荸薺那樣大小。八月初三才給灶君菩薩嘗過口味，今天又買了！

她氣憤地把芋艿碗向媳婦面前推去，換來一碗鹹菜。

阿芝嬸吃了一驚，停住了筷。

「初三那天，婆婆不是說芋艿好吃嗎？」

「自然！你自己吃吧！」本德婆婆咬著牙齒說。

阿芝嬸的心突突地跳動起來，滿臉發著燒，低下頭來。婆婆發氣了。為的什麼呢？她想不到。也許芋艿不該這樣煮？然而那正是婆婆喜歡吃的，照著初三那天婆婆的話：先在飯鑊裡蒸熟，再擺在菜鑊裡，加一點油鹽和水，輕輕翻動幾次，然後撒下蔥蒜，略蓋一會蓋子，便鏟進碗裡——這叫做落鑊芋艿，或者是鹹淡沒調得好？然而婆婆並沒有動過筷子。

「一定是病又發作了，所以愛發氣，」阿芝嬸想，「好的菜都不想吃。」

怎麼辦呢？阿芝嬸心裡著急得很。藥又不肯吃……不錯，她想到了，這才是開胃健脾的。晚上煨在火缸裡，明天早晨給她吃。

她決定下來，下午又出街了。

本德婆婆看著她走出去，愈加生了氣。「搶白她一句，一定向別人訴苦去了！丟著家裡的事情！」她嘆了一口氣，也走了出去，立住在大門口。她模糊地看見阿芝嬸已經走到橋邊。從橋的那邊來了一個女人，那是最喜歡講論人家長短，東西挑撥，綽號叫做「風扇」的阿七嫂。走到橋上，兩個人對了面，停住腳，講了許久話。阿七嫂一面說著什麼，一面還舉起右手做著手勢，彷彿在罵什麼人。隨後阿芝嬸東西望了一下，看見前面又來了一個人，便一直向街裡走去。

「和這種人一起，還有什麼好話！」本德婆婆的心像刀割似的痛，踉蹌地走進房裡，倒在一張靠背椅上，傷心起來，她想到養大兒子的一番苦心，卻不料今日討了一個這樣不爭氣的媳婦，不由得潤溼了乾枯的老眼。她也曾經生過兩個兒子，三個女兒，現在卻只剩了一個男的，一個女的，而女的又出了嫁。倘若大兒子沒有死，她現在可還有一個媳婦，幾個孩子。倘若那兩個女兒也活著，她還有說話的人，還有消氣的方法。而現在，卻剩了自己一個人，孤孤單單的過著日子。希望討一個好媳婦，把家裡弄得更好一點，總不辜負自己辛苦一生，哪曉得……

阿芝嬸回來了。本德婆婆看見她從房門口走過，一直到廚房去，手裡提著一包東西。

又買吃的東西！錢當水用了！水，也得節省，防天旱！窮人家哪能這樣浪費！

本德婆婆氣得動不得了。她像失了心似的，在椅子上一直果坐了半天。

她不想吃晚飯，也吃不下，但想知道又添了一碗什麼菜，她終於沉著臉，勉強地坐到桌子邊去。

沒有添什麼菜。芋艿還原樣地擺在桌上。黃魚不見了。吃中飯的時候，它還沒有動過。現在可被倒給狗吃了。

本德婆婆站起來，氣憤地往廚房走去。

「婆婆要什麼東西，我去拿來。」

「自己會拿的！」

她掀開食罩，沒有看見黃魚。開開羹櫥，也沒有。碗盞桶裡一隻帶腥氣的空碗，那正是盛黃魚的！

她怒氣沖天的正想走出廚房，突然嗅到一陣香氣。她又走回去，揭開煨在火缸裡的瓦罐。

紅棗！

現在本德婆婆可絕對不能再忍耐了！再放任下去，會弄得連糠也沒有吃！年紀輕輕，飯有三碗好吃，居然吃起補品來了！她拔起腳步，像吃了人蔘一般，毫不踉蹌，走回房裡。

「我牙齒縫裡省下來！你要一天敗光它！……」她咬著牙齒，聲音尖銳得和刺刀一樣。「你丈夫賺得多少錢？你有多少嫁妝？……這樣好吃懶做！……」她說著，痙攣地倒在椅子上，眼睛火一般的紅，一臉蒼白。

阿芝嬸的頭上彷彿落下了一聲霹靂，完全駭住了。臉色一陣紅，一陣青。渾身顫慄著。為了什麼，婆婆這樣生氣，沒有機會給她細想，也不能夠問婆婆。

「我錯了，婆婆，」她的聲音顫動著，「你不要氣壞了身體，我曉得聽你的話……」

她說著，眼淚流了下來。

「今天黃魚明天肉！……你在娘家吃什麼！……哼！還要補！……」

阿芝嬸現在明白了：一場好意變成了惡意，原來婆婆以為是她貪嘴了。天曉得！她幾時為的自己！婆婆愛吃什麼，該吃什麼，全是丈夫再三叮囑過來的。不信，可以去問他！

「婆婆！……」阿芝嬸打算說個明白，但一想到婆婆正在發氣，解釋不清反招疑心，話又縮回去了。

「公婆比不得爹娘，」她記起了母親常常說的話，「沒有錯，也要認錯的。」現在只有委屈一下，認錯了，她想。

「婆婆，我錯了，以後不敢了……」她抑住一肚子苦惱，含著傷心的眼淚，又說了一遍。

「你買東西可問過我！……」

「我錯了！婆婆。」

本德婆婆的氣似乎平了一些，挺直了背，望著阿芝嬸，眼眶裡也微溼起來。

「嗨，」她嘆著氣，說，「無非都是為的你們，你們的日子正長著。我還有多少日子，樣子早已擺出了的。」

「為的你們？」阿芝嬸聽著眼淚湧了出來。她自己本也是為的婆婆，也正因為她樣子早已擺出了的。……

「你可知道，我怎樣把你丈夫養大？」本德婆婆的語氣漸漸和婉了。「不講不知道……」

她開始敘述她的故事。從她進門起，講到一個一個生下孩子，丈夫的死亡，撫養兒女的困難，工作的勞苦，一直到兒子結婚。她又夾雜些人家的故事，誰怎樣起家，誰怎樣敗家，誰是好人，誰是壞人。她有時含著眼淚，有時含著微笑。

阿芝嬸低著頭，坐在旁邊傾聽著。雖然進門不久，關於婆婆的事，丈夫早已詳細地講給她聽過了。阿芝嬸自己的娘家，也並不曾比較的好。她也是從小就吃過苦的。阿芝叔在家的時候，她曾要求過幾次，讓她出去給人家做娘姨，但是阿芝叔不肯答應。一則愛她，怕她受苦，二則母親衰老，非她侍候不可。她很明白，後者的責任重大而且艱難，然而又不得不擔當。今天這一番意外的風波，雖然平息了，日子可正長著。吃人家飯，隨時可以捲起鋪蓋；進了婆家，卻沒有辦法。媳婦難做，誰都這樣說。可是每一個女人得做媳婦，受盡不少磨難。阿芝嬸也只得忍受下去。

本德婆婆也在心裡想著：好的媳婦原也不大有，不是好吃懶做，便是搬嘴吵架，或者走人家敗門風。媳婦比不得自己親生的女兒，打過罵過便無事，大不了，早點把她送出門；媳婦一進來，卻不能退回去，氣悶煩惱，從此雞犬不寧。但是後代不能不要，每個兒子都須給他討一個媳婦。做婆婆的，好在來日不多，譬如早閉上眼睛。本德婆婆也漸漸想明白了。

「人在家嗎？」門口忽然有人問了起來，接著便是腳步聲。

「乾生叔嗎？」本德婆婆回答著，早就聽出了是誰的聲音。

阿芝嬸慌忙拿了一面鏡子，走到廚房去。

「夜飯用過嗎？」

「吃過了。你們想必更早吧。」本德婆婆站了起來。

「坐下，坐下。……正在吃飯，掛號信到了。阿芝真爭氣，中秋還沒有到，錢又寄來了。」

「怕不見得呢，信在哪裡？就煩乾生叔拆開來，看一看吧。——阿芝老婆！倒茶來！點起燈！」

「不必，不必，天還亮。」乾生叔說著，從衣袋裡取出信和眼鏡，湊近窗邊。

「公公喫茶！」阿芝嬸托著茶盤，從裡面走出來，端了一杯給乾生叔。

「手腳真快，還沒坐定，茶就來了。」

「便茶。」隨後她又端了一杯給本德婆婆：「婆婆，喫茶。」

「啊，又是四十元！」乾生叔取出匯票，望了一下，微笑地說，一手摸著棕色的鬍髭。「生意想必很得意。——年紀到底老了，要不點燈，戴著眼鏡看信，還有點模糊。——真是一個孝子，不負你辛苦一生！要老婆好好侍候你，常常買好的菜給你吃，身體這樣壞，要快點吃補藥，要你切不可做事情，多困困，錢，不要愁，娘的身上不可省。不肯吃，逼你吃。從前三番四次叮囑過她，有沒有照辦？倘有錯處，要你罵罵她。近來船上客人多，外快不少，不久可再寄錢來。問你近來身體可好了一點？——唔，你現在總該心足了，阿嫂，一對這樣的兒媳！」

「哪裡的話，乾生叔，倘能再幫他們幾年忙就好了。誰曉得現在病得這樣不中用！」本德婆婆說著，嘆了一口氣。

但是本德婆婆的心裡卻非常輕鬆了。兒子實在是有著十足的孝心的。就是媳婦——她轉過頭去望了一望，媳婦正在用手巾抹著眼睛，彷彿在那裡傷心。明明是剛才的事情，她受了委屈了。兒子的信一句句說得很清楚，無意中替她解釋得明明白白，媳婦原是好的。可是，這樣的花錢，絕對錯了。

「兩夫妻都是傻子哩，乾生叔，」本德婆婆繼續的說了。「那個會這樣說，這個真會這樣做，魚呀肉呀買了來給我吃！全不想到積穀防饑，浪用錢！」

「不是我阿叔批評你，阿嫂，」乾生叔摘下眼鏡，說，「你只知其一，不知其二；積穀防饑，底下是一句養兒防老，你現在這樣，正是養老的時候了。他們很對。否則，要他們做什麼！」

「咳，還有什麼老好養，病得這樣！有福享，要讓他們去享了！我只要他們爭氣，就心滿意足了。」

真沒辦法，阿芝嬸想，勸不轉來，只好由她去，從此就照著她辦吧，也免得疑心我自己貪嘴巴。說是沒問過她，這也容易改，以後就樣樣去問她，不管大小裡外的事——官樣文章！自己又樂得少背一點關係。譬如沒當家。婆婆本來比不得親生的娘。

媳婦到底比不得親生的女兒，本德婆婆想。自從那次事情以後，她看出阿芝嬸變了態度了。話說得很少，使她感到冷淡。什麼事情都來問她，又使她厭煩。明明第一次告訴過她，第二次又來問了，彷彿教不會一樣。其實她並不蠢，是在那裡作假，本德婆婆很知道。這情形，使本德婆婆敏銳地感到；她是在報復從前自己給她的責備：你怪我沒問你，現在便樣樣問你——我不負責！這樣下去，又是不得了。例如十五那天，就給她丟盡了臉了。

那天早晨，本德婆婆吃完飯，走到乾生叔店裡去的時候，湊巧家裡來了一個收帳的人。那是貰器店老闆阿愛。他和李阿寶是兩親家。李阿寶和阿芝叔在一隻輪船上做茶房，多過嘴。這次阿芝叔結婚，本不想到阿愛那裡去貰碗盞，不料總管阿芝叔沒問他，就叫人去通知了阿愛，送了一張定單去。待阿芝叔知道，東西已經送到，只好用了他的。照老規矩，中秋節的帳，有錢付六成，沒錢付三、四成。八月十五已經是節前最末一日，沒有叫人家空手出門的。卻不料阿芝嬸竟回答他要等婆婆回來。大忙的日子，人家天還沒亮便要跑出門，這家收帳，那家收帳，怎能在這裡坐著等，曉得你婆婆幾時回來。不近人情。給阿愛猜測起來，不是故意刁難他，便是家裡沒有錢。再把錢送去，還要被他猜是借來的。傳到李阿寶耳朵裡，又有背地裡給他講壞話的資料了：「哪，有錢討老婆，沒錢付帳！」

「錢箱鑰匙是你管的！……」本德婆婆不能不埋怨了。

「沒有問過婆婆……怎麼付給他！」

本德婆婆生氣了，這句話彷彿是在塞她的嘴。

「你說什麼話！要你不必問，就全不問！要你問，就全來問！故意裝聾作啞，撥一撥，動一動！」

阿芝嬸紅著臉，低下頭，緘默著。她心裡可也生了氣，不問你，要挨罵！問你，又要挨罵！我也是爹娘養的！

看看阿芝嬸不做聲，本德婆婆也就把怒氣忍耐住了。雖然鬱積在心裡更難受，但明天八月十六，正是中秋節，鬧起來，六神不安，這半年要走壞運的。沒有辦法，只有走開了事。

然而這在阿芝嬸雖然知道，可沒有方法了。她藏著一肚皮冤枉氣，實在吐不出來。夜裡在床上，她暗暗偷流著眼淚，東思西想著，半夜睡不熟。

第二天，阿芝嬸清早爬起床，略略修飾一下，就特別忙碌起來：日常家務之外，還要跑街買許多菜，買來了要洗，要煮，要做羹飯，要請親房來吃。這些都須在上午弄好。本德婆婆儘管幫著忙，依然忙個不了。她年輕，本來愛國，昨夜沒有睡得足，今天精神恍恍惚惚的好不容易支撐著。

客散後，一隻久候著的黑狗連連搖著尾巴，纏著阿芝嬸要東西吃。她正在收拾桌上的碗盞，便用手裡的筷子把桌上一堆肉骨和蝦頭往地上划去。

「乒！」一隻夾在裡面的羹匙跟著跌碎了。

阿芝嬸吃了一驚，通紅著臉。這可闖下大禍了，今天是中秋節！

本德婆婆正站在門口，蒼白了臉，瞪著眼。她呆了半晌，氣得說不出話來。

「狗養的！偏偏要在今天打碎東西！你想敗我一家嗎？瞎了眼睛！賤骨頭！牠是你的娘，還是你的爹，待牠這樣好？啊！你得過牠什麼好處？天天餵牠！今天魚，明天肉！連那天沒有動過筷的黃魚也孝敬了牠！……」本德婆婆一口氣連著罵下去。

阿芝嬸現在不能再忍耐了！罵得這樣的惡毒，連爹娘也拖了出來！從來不曾被人家這樣罵過！一隻羹匙到底是一隻羹匙！中秋節到底是中秋節！上梁不正，下梁錯！怎能給她這樣罵下去！

「啊晴媽哪！」阿芝嬸蹬著腳，哭著叫了起來，「我犯了什麼罪，今天這樣吃苦！我也是坐著花轎，吹吹打打來的！不是童養媳，不是丫頭使女！幾時得過你好處！幾時虧待過你！……」

「我幾時得過你好處！我幾時虧待過你！」本德婆婆拍著桌子。「你這畜生！你瞎了眼珠！你故意趁著過節尋禍！你有什麼嫁妝？你有什麼漂亮？啊！幾隻皮箱？幾件衣裳？你這臭貨！你這賤貨！你娘家有幾幢屋？幾畝田？啊！不要臉！還說什麼吹吹打打！你吃過什麼苦來？打過你幾次？罵過你幾次？啊！你吃誰的飯？你賺得多少錢？我家裡的錢是偷的還是盜的，你這樣看不起，沒動過筷的黃魚也倒給狗吃！……」

「天曉得，我幾時把黃魚餵狗吃！給你吃，罵我！不給你吃，又罵我！我去拿來給你看！」阿芝嬸哭號著走進廚房，把羹櫥下的第三隻甑捧出來，順手提了一把菜刀。

「我開給你看！我跪在這裡，對天發誓，」她說著，撲倒在階上，「要不是那一條黃魚，我把自己的頭砍掉給你看！……」

她舉起菜刀，對著甑上的封泥。……

「靈魂哪裡去了！靈魂？阿芝嬸！」一個女人突然抱住了她的手臂。

「咳，真沒話說了，中秋節！」又一個女人嘆息著。

「本德婆婆，原諒她吧，她到底年紀輕，不懂事！」又一個女人說。

「是呀，大家要原諒呢，」別一個女人的話，「阿芝嫂，她到底是你的婆婆，年紀又這樣老了！」

鄰居們全來了，大的小的，男的女的。有些人搖著頭，有些人呆望著，有些人勸勸本德婆婆，又跑過去勸勸阿芝嬸。

阿芝嬸被拖倒在一把椅上，滿臉流著淚，顏色蒼白得可怕。長生伯母拿著手巾給她抹眼淚，一面勸慰著她。

本德婆婆被大家擁到別一間房子裡。她的眼睛愈加深陷，顴骨愈加突出了。彷彿為了這事情，在瞬息間使老了許多。她滴著眼淚，不時艱難地噯著抑阻在胸膈的氣，口裡還喃喃的罵著。幾個女人不時用手巾摀著她的嘴。過了一會，待鄰居們散了一些，只有三、四個要好的女人在旁邊的時候，她才開始訴說她和媳婦不睦的原因，一直從她進門說起。

「總是一家人，原諒她點吧。年紀輕，都這樣，不曉得老年人全是為的他們。將來會懊悔的。」老年的女人們勸說著。

阿芝嬸也在房間裡訴著苦，一樣地從頭說起。她告訴人家，她並沒有把那一次的黃魚倒給狗吃。她把它放了許多鹽，裝在甑裡，還預備等婆婆想吃的時候拿出來。

「總是一家人，原諒她點吧。年紀老了，自然有點悖，能有多少日子！將來會明白的。」

過了許久，大家勸阿芝嬸端了一杯茶給本德婆婆吃，並且認一個錯，讓她消氣了事。

「大事化小事，小事化無事，媳婦總要吃一些虧的！」

「倒茶可以，認錯做不到！」阿芝嬸固執地說。「我本來沒有錯！」

「管它錯不錯，一家人，日子長著，總得有一個人讓步，難道她到你這裡來認錯？」

於是你一句，我一句，終於說得她不做聲了。人家給她煮好開水，泡了茶，連茶盤交給了她。

阿芝嬸只得去了，走得很慢，低著頭。

「婆婆，總是我錯的，」她說著把茶杯放在本德婆婆的面前，便急速地退出來。

本德婆婆咬著牙齒，瞪了她一眼。她的氣本來已經消了一些，現在又給悶住了。「總是我錯的！」什麼樣的語氣！這就是說：在你面前，你錯了也總是我錯的！她說這話，哪裡是來認錯！人家的媳婦，罵罵會聽話，她可越罵越不像樣了。一番好意全是為的她將來，哪曉得這樣下場。

「不管了，由她去！」本德婆婆堅決的想。「我空手撐起一個家，應該在她手裡敗掉，是天數。將來她沒飯吃，該討飯，也是命裡注定好了的。」於是她決計不再過問了。擺在眼前看不慣，她只好讓開她。她還有一個親生的女兒，那裡有兩個外孫，樂得到那裡去快活一向。

第二天清晨，本德婆婆撿點了幾件衣服，提著一個包袱，順路在街上買了一串大餅，搭著航船走了。

「去了也好，」阿芝嬸想，「樂得清靜自在。這樣的家，你看我弄不好嗎？年紀雖輕，卻也曉得當家，並且還要比你弄得好些。」

只是氣還沒有地方出，鄰居們比不得自己家裡的人，阿芝嬸想回娘家了，那裡有娘有弟妹，且去講一個痛快。看起來，婆婆會在姑媽那裡住上一、兩個月，橫直丈夫的信才來過，沒什麼別的事，且把門鎖上一、兩天。打算定，收拾好東西，過了一夜，阿芝嬸也提著包袱走了。

娘家到底是快活的。才到門口，弟妹們就歡喜地叫了起來，一個叫著娘跑進去，一個奔上來搶包袱。

「啊唷！」露著笑容迎出來的娘一瞥見阿芝嬸，突然叫著說，「怎麼顏色這樣難看呀！彩鳳！又瘦又白！」

阿芝嬸低著頭，眼淚湧了出來，只叫一聲「媽」，便撲在娘的身上，抽噎著。這才是自己的娘，自己從來沒注意到自己的憔悴，她卻一眼就看出來了。

「養得這樣大了，還是離不開我，」阿芝嬸的娘說，彷彿故意寬慰她的聲音。「坐下來，吃一杯茶吧。」

但是阿芝妹只是哭著。

「受了什麼委屈了吧？慢慢好講的。早不是叮囑過你，公婆不比自己的爹娘，要忍耐一點嗎？」

「也看什麼事情！」阿芝嬸說了。

「有什麼了不得，她能有多少日子？」

「我也是爹娘養的！」

「不要說了，媳婦都是難做的，不挨罵的能有幾個！」

「難道自己的爹娘也該給她罵！」

阿芝嬸的娘緘默了。她的心裡在冒火。

「罵我畜生還不夠，還罵我的爹娘是……狗！」

「放她娘的屁！」阿芝嬸的娘咬著牙齒。

她現在不再埋怨女兒了。這是誰都難受的。昏頭昏腦的婆婆是有的，昏得這樣可少見，她咬著牙齒，說，倘若就在眼前，她一定伸出手去了。上梁不正，下梁錯，就是做媳婦的動手，也不算無理。

這一夜，阿芝嬸的娘幾乎大半夜沒有闔眼。她一面聽阿芝嬸的三番四次的訴說，一面查問著，一面罵著。

第二天中午，她們家裡忽然來了一個女客。那是阿芝叔的姊姊。她艱難地拐著一對小腳，通紅著臉，氣呼呼地走進門來。阿芝嬸的娘正在院子裡。

「親家母，弟媳婦在家嗎？」

阿芝嬸的娘瞪了她一眼。好沒道理，她想，空著手不帶一點禮物，也不問一句你好嗎，眼睛就往裡面望，好像人會逃走一樣！女兒可沒犯過什麼罪！不客氣，就大家不客氣！

「什麼事呢？」她慢吞吞的問。

「門鎖著，我送媽回家，我不見弟媳婦，」姑媽說。

「曉得了，等一等，我叫她回去就是。」

「叫她跟我一道回去吧。」

「沒那樣容易。要梳頭換衣，還得叫人去買禮物，空手怎好意思進門！昨天走來，今天得給她雇一隻划船。你先走吧。」

姑媽想：這話好尖，既不請我進去吃杯茶，也不請我坐一下，又不讓我帶她一道去，還暗暗罵我沒送禮物。卻全不管我媽在門外等著，吵架吵到我身上來了。

「親家母，媽和弟媳婦吵了架，氣著到我那裡去，我平時總留她住上一月半月，這次情形不同，勸了她一番，今天特陪她回家，想叫弟媳婦再和她好好的過日子。……」

「那麼你講吧，誰錯？」

「自然媽年紀老，免不了悖，弟媳婦也總該讓她一些。……」

「我呢？哼！沒理由罵我做狗做豬，我也該讓她！」

「你一定誤會了，親家母，還是叫弟媳婦跟我回去，和媽和好吧。」

「等一等我送她去就是，你先去吧。」

「那麼，鑰匙總該給我帶去，難道叫我和媽在門外站下去！」姑媽發氣了，語氣有點硬。

「好，就在這裡等著吧，我進去拿來！」阿芝嬸的娘指著院子中她所站著的地方，命令似的，輕蔑的說。

倘不為媽在那裡等著，姑媽早就拔步跑了。有什麼了不得，她們的房子裡？她會拿她們一根草還是一根毛？

接到鑰匙，她立刻轉過背，氣怒地走了。沒有一句話，也不屑望一望。

「自己不識相，怪哪個！」阿芝嬸的娘自語著，臉上露出一陣勝利的狡笑。她的心裡寬舒了不少，彷彿一肚子的冤氣已經排出了一大半似的。

吃過中飯，她陪著阿芝嬸去了。那是阿芝嬸的夫家，也就是阿芝嬸自己的永久的家，阿芝嬸可不能從此就不回去。吵架是免不了的。趁婆婆不在，回娘家來，又不跟那個姑媽回去，不用說，一進門又得大吵一次的，何況姑媽又受了一頓奚落。可是這也不必擔心，有娘在這裡。

「做什麼來！去了還做什麼來！」本德婆婆果然看見阿芝嬸就罵了。「有這樣好的娘家，滿屋是金，滿屋是銀！還愁沒吃沒用嗎，你這臭貨！」

「臭什麼？臭什麼？」阿芝嬸的娘一走進門限，便回答了。「偷過誰，說出來！瘟老太婆！我的女兒偷過誰？你兒子幾時戴過綠帽子？拿出證據來！你這狗婆娘！虧你這樣昏！臭什麼？臭什麼？」她罵著，逼了近去。

「還不臭？還不臭？」本德婆婆站了起來，拍著桌子，「就是你這狗東西養出來，就是你這狗東西教出來，就是你這臭東西帶出來！還不臭？還不臭？……」

「臭什麼？證據拿出來！證據拿出來！證據！證據！證據！瘟老太婆！證據！……」她用手指著本德婆婆，又逼了近去。

姑媽攔過來了，她看著親家母的來勢凶，怕她動手打自己的母親。

「親家母，你得穩重一點，要知道這裡是什麼地方！你女兒要在這裡吃飯的！……」

「你管不著！我女兒家裡！沒吃你的飯！你管不著！我不怕你們人多！你是沒出了的水！

「這算什麼話！這樣不講理！……」姑媽睜起了眼睛。

「趕她出去！臭東西不準進我的門！」本德婆婆罵著，也逼了近來。「你敢上門來罵人？你敢上門來罵人？啊！你吃屙的狗老太婆！滾出去！滾出去！滾出去！……」

「罵你又怎樣？罵你？你是什麼東西？瘟老太婆！」親家母又搶上一步，「偏在這裡！看你怎樣！」

「趕你出去！」本德婆婆轉身拖了一根門閂，踉蹌地衝了過來。

「你打嗎？給你打！給你打！給你打！」親家母同時也撲了過去。

但別人把她們攔住了。

鄰居們早已走了過來，把親家母擁到門外，一面勸解著。她仍拍著手，罵著。隨後又被人家擁到別一家的檐下，逼坐在椅子上。阿芝嬸一直跟在娘的背後哭號著。

本德婆婆被鄰居們拖住以後，忽然說不出話來了。她的氣擁住在胸口，透不出喉嚨，咬著牙齒，滿臉失了色，眼珠向上翻了起來。

「媽！媽！」姑媽驚駭地叫著，用力摩著她的胸口。鄰居們也慌了，立刻抱住本德婆婆，大聲叫著。有人挖開她的牙齒，灌了一口水進去。

「嗯，……」過了一會，本德婆婆才透出一口氣來，接著又罵了，拍著桌子。

親家母已被幾個鄰居半送半逼的擁出大門，一直哄到半路上，才讓她獨自拍著手，罵著回去。

現在留下的是阿芝嬸的問題了，許多人代她向本德婆婆求情，讓她來倒茶說好話了事，但是本德婆婆怎樣也不肯答應。她已堅決的打定注意：與媳婦分開吃飯，當做兩個人家。她要自己煮飯，自己洗衣服。

「呃，這哪裡做得到，在一個屋子裡！」有人這樣說。

「她管她，我管我，有什麼不可以！」

「呃，一個廚房，一頭灶呢？」

「她先煮也好，我先煮也好。再不然，我用火油爐。」

「呃，你到底老了，還有病，怎樣做得來！」

「我自會做的，再不然，有女兒，有外孫女，可以來來去去的。」

「那麼，錢怎樣辦呢？你管還是她管？」

「一個月只要五塊錢，我又不會多用她的，怕阿芝不寄給我，要我餓死？」

「到底太苦了！」

「舒服得多！自由自在！從前一個人，還要把兒女養大，空手撐起一份家產來，現在還怕過不得日子！」本德婆婆說著，勇氣百倍，她覺得她彷彿還很年輕而且強健一樣。

別人的勸解終於不能挽回本德婆婆的固執的意見，她立刻就實行了。姑媽懂得本德婆婆的脾氣，知道沒辦法，只好由她去，自己也就暫時留下來幫著她。

「也好，」阿芝嬸想，「樂得清靜一些。這是她自己要這樣，兒子可不能怪我！」

於是這樣的事情開始了。在同一屋頂下，在同一廚房裡，她們兩人分做了兩個家庭。她們時刻見到面，雖然都竭力避免著相見，或者低下頭來。她們都不講一句話。有時甚至在和別人說話的時候，走過這個或那個，也就停止了話，像怕被人聽見，洩漏了自己的祕密似的。

這樣的過了不久，阿芝叔很焦急地寫信來了。他已經得到了這消息。他責備阿芝嬸，勸慰本德婆婆，仍叫她們和好，至少飯要一起煮。但是他一封一封信來，所得到的回信，只是埋怨，訴苦和眼淚。

「鍋子給她故意燒破了，」本德婆婆回信說。

「掃帚給她藏過了，」阿芝嬸回信說。

「她故意在門口沒一些水，要把我跌死，」本德婆婆的另一信裡這樣寫著。

「她又在罵我，要趕我出去，」阿芝嬸的另一信裡寫著。

「……」

「……」

現在吵架的機會愈加多了。她們的仇是前生結下的，正如她們自己所說。

阿芝叔不能不回來了。寫信沒有用。他知道，母親年老了，本有點悻，又加上固執的脾氣。但是她的心，卻沒一樣不為的他。他知道，他不能怪母親。妻子呢，年紀輕，沒受過苦，也不能怪她。怎樣辦呢？他已經想了很久了。他不能不勸慰母親，也不能不勸慰妻子。但是，怎樣說呢？要勸慰母親，就得先罵妻子，要勸慰妻子，須批評母親的錯處。這又怎樣行呢？

「還是讓她受一點冤枉罷，在母親的面前。暗中再安慰她。」他終於決定了一個不得已的辦法。

於是一進門，只叫了一聲媽，不待本德婆婆的訴苦，他便一直跑到妻子的房裡大聲罵了：

「塞了廿幾年飯，還不曉得做人！我虧待你什麼，你這樣薄待我的媽！從前怎樣三番四次的叮囑你！……」

他罵著，但他心裡卻非常痛苦。他原來不能怪阿芝嬸。然而，在媽面前，不這樣，又有什麼辦法呢？

阿芝嬸哭著，沒回答什麼話。

本德婆婆在外面聽得清清楚楚，那東西在啼啼唬唬的哭。她心裡非常痛快。兒子到底是自己養的，她想。

隨後阿芝叔便回到本德婆婆的房裡，躺倒床上，一面嘆著氣，一面憤怒的罵著阿芝嬸。

「阿弟，媽已經氣得身體愈加壞了，你應該自己保重些，媽全靠你一個人呢！」他的姊姊含著淚勸慰說。

「將她退回去！我寧可沒有老婆！」阿芝叔仍像認真似的說。

「不要這樣說，阿弟！千萬不能這樣想！我們哪裡有這許多錢，退一個，討一個！」

「咳，悔不當初！」本德婆婆嘆著氣，說，「現在木已成舟，還有什麼辦法！總怪我早沒給你揀得好些！」

「不退她，媽就跟我出去，讓她在這裡守活寡！」

「哪裡的話，不叫她生兒子，卻自養她一生！雖說家裡沒什麼，可也有一份薄薄的產業。要我讓她，全歸她管，我可不能！那都是我一手撐起來的，倒讓她一個人去享福，讓她去敗光！這個，你想錯了，阿芝，我可死也不肯放手。」

「咳，怎麼辦才好呢？媽，你看能夠和好嗎，倘若我日夜教訓她？」

「除非我死了！」本德婆婆咬著牙齒說。

「阿姊，有什麼法子呢？媽不肯去，又不讓我和她離！」

「我看一時總無法和好了。弟媳婦年紀輕，沒受過苦，所以不會做人。」

「真是賤貨，進門的時候，還說要幫我忙，寧願出去給人家做工，不怕苦。我一則想叫她侍候媽，二則一番好意，怕她受苦，沒答應。哪曉得在家裡太快活了，弄出禍事來！」

「什麼，像她這樣的人想給人家做工嗎？做夢！叫她去做吧！這樣最好，就叫她去！給她吃一些苦再說！告訴她，不要早上進門，晚上就被人家辭退！她有這決心，就叫她去！我沒死，不要回來！我不願意再見到她！」

「媽一個人在家怎麼好呢？」阿芝叔說，他心裡可不願意。

「好得多了！清靜自在！她在這裡，簡直要活活氣死我！」

「病得這樣，怎麼放心得下！」

「要死老早死了！樣子不對，我自會寫快信給你。你記得：我可不要她來送終！」

阿芝叔呆住了。他想不到母親就會真的要她出去，而且還這樣的硬心腸，連送終也不要她。

「讓我問一問她看吧，」過了一會，他說。

「問她什麼！你還要養著她來逼死我嗎？不去，也要叫她去！」

阿芝叔不敢做聲了。他的心口像有什麼在咬一樣。他怎能要她出去做工呢？母親這樣的老了。而她又是這樣的年輕，從來沒受過苦。他並非不能養活她。

「怎麼辦才好呢？」他晚上低低的問阿芝嬸，皺著眉頭。」

「全都知道了，你們的意思！」阿芝嬸一面流著眼淚，一面發著氣，說：「你還想把我留在家裡，專門侍候她，不管我死活嗎？我早就對你說過，讓我出去做工，你不答應，害得我今天半死半活！用不著她趕我，我自己也早已決定主意了。一樣有手有腳，人家會做，偏有我不會做！」

「又不是沒飯吃！」

「不吃你的飯！生下兒子，我來養！說什麼她空手起家，我也做給你們看看！」

「你就跟我出去，另外租一間房子住下吧。」阿芝叔很苦惱的說，他想不出一點好的辦法了。

「你的錢，通通寄給她去！我管我的！帶我出去，給我找一份人家做工，全隨你良心。不肯這樣做，我自己也會出去，也會去找事做的！一年、兩年以後，我租了房子，接你來！十年、廿年後，我對著這大門，造一所大屋給你們看！」

阿芝叔知道對她也沒法勸解了。兩個人的心都是一樣硬。他想不到他的憑良心的打算和憂慮都成了空。

「也好，隨你們去吧，各人管自己！他嘆息著說。「我總算盡了我的心了。以後可不要悔。」

「自然，一樣是人，都應該管管自己！悔什麼！」阿芝嬸堅決地說。

過了幾天，阿芝叔終於痛苦地陪著阿芝嬸出去了。他一路走著，不時回轉頭來望著苦惱而陰暗的屋頂，思念著孤獨的老母，一面又看著面前孤傲地急速地行走著的妻子，不覺流下眼淚來。

本德婆婆看著兒媳婦走了，覺得悲傷，同時又很快活。她拔去了一枝眼中釘。她的兩眼彷彿又亮了。她的病也彷彿好了。「這種媳婦，還是沒有好！」她噓著氣，說。

阿芝嬸可也並不要這種婆婆。她的年紀也不小了，她得自己創一份家業。她現在已經走上了這條路，她正在想著怎樣刻苦勤儉，怎樣粗衣淡飯的支撐起來，造一所更大的屋子，又怎樣的把兒子一個一個的養大成人，給他們都討一個好媳婦。她覺得這時間並不遠，眨一眨眼就到了。

橋上

軋軋軋軋……

軋米船又在遠處響起來了。

伊新叔的左手剛握住秤錘的索子，便鬆軟下來。他的眼前起了無數的黑圈，漫山遍野的滾著滾著，朝著他這邊。

「哼……」這聲音從他的心底衝了出來，但立刻被他的喉嚨梗住了，只從他的兩鼻低微地迸了出去。

「四十九！」他定了一定神，大聲的喊著。

「平一點吧，老闆！還沒有抬起哩！」賣柴的山裡人抬著柴，叫著說，面上露著笑容。

「瞎說！稱柴比不得稱金子！——五十一！——一五十五！——五十四！——六十……這一頭夾了許多硬柴！叫女人家怎樣燒？她家裡又沒有幾十個人吃飯！——四十八！」

「可以打開看的！不看見底下的一把特別大嗎？」

「誰有閒工夫！不要就不要！——五十二！——一把軟柴，總在三十斤以內！一頭兩把，哪裡會有六十幾斤！——五十三！——五十！——」

「不好捆得大一點嗎？」

「你們的手什麼手！天天捆慣了的！我這碗飯吃了十幾年啦！五十一！——哄得過我嗎？——五十！」

軋軋軋軋……

伊新叔覺得自己的兩腿在顫慄了。軋米船明明又到了河南橋這邊，薛家村的村頭。他雖然站在河北橋橋上，到村頭還有半里路，他的眼前卻已經有無數的黑圈滾來，他的鼻子聞到了窒息的煤油氣，他看見了那隻在黑圈迷漫中的大船。它在跳躍著，拍著水。埠頭上站著許多男女，一籮一籮的把穀子倒進黑圈中的口一樣的斗裡，讓它軋軋的咬著，啃著，吞了下去……

伊新叔呆木地在橋上坐下了，只把秤倚靠在自己的胸懷裡。

他自己也是一個做米生意的人……不，他是昌祥南貨店的老闆，他的店就開在這橋下，街頭第一家。他這南貨店已經開了二十三年了。十五歲在北碶市學徒弟，二十歲結親，二十四歲上半年生大女兒，下半年就自己在這裡掛起招牌來。隔了一年，大兒子出世了，正所謂「先開花後結果」，生意便一天比一天好了。起初是專賣南貨，帶賣一點紙筆，隨後生意越做越大，便帶賣醬油火油老酒，又隨後帶賣香菸，換銅板，最後才雇了兩個長工礱穀舂米，帶做米生意。但還不夠，他又做起「稱手」來。起初是逢五逢十，薛家村市日，給店門口的販子拿拿秤，後來就和山裡人包了白菜，蘿菔，毛筍，梅子，杏子，桃子，西瓜，脆瓜，冬瓜……他們一船一船的載來，全請他過秤，賣給販子和顧客。日子久了，山裡人的柴也請他兜主顧，請他過秤了。

他忙碌得幾乎沒有片刻休息。他的生意雖然好，卻全是他一個人做的。他的店裡沒有經理，沒有帳房，也沒有夥計和徒弟。他的唯一的幫手，只有伊新嬸一個人。但她不識字，也不會算帳，記性又不好。她只能幫他包包幾個銅板的白糖黃糖，代他看看後。而且她還不能久坐在店裡，因為她要洗衣煮飯，要帶孩子。而他自己呢，沒有人幫他做生意，卻還要去幫別人的忙，無論誰托他，他沒有一次推辭的。譬如薛家村裡有人家辦喜酒，做喪事，買菜，總是請他去的，因為他買得最好最便宜。又如薛家村裡的來信，多半都由昌祥南貨店轉交。誰家來了信，他總是偷空送了去，有時唸給人家聽了，還給他們寫好回信，帶到店裡，誰到北碶市去，走過店外，便轉託他帶到郵局去。

他吃的是鹹菜，穿的是布衣，不愛賭也不吸菸，酒量是有限的，喝上半斤就紅了臉。他這樣辛苦，年輕的時候是為的祖宗，好讓人家說說，某人有一個好的兒孫；年紀大了，是為的自己的兒孫，好讓他們將來過一些舒服的日子。他是最愛體面的人，不肯讓人家說半句批評。當他第二個兒子才出世的時候，他已經做了一樁大事，把他父母的墳墓全造好了。「錢用完了，可以再積起來的，」他常常這樣想。果然不到幾年，他把自己的壽穴也造了起來，而且把早年死了的阿哥的墳也做在一道。以後他便熱熱鬧鬧的把十六歲的大女兒嫁出去，給十歲的兒子討了媳婦。到大兒子在上海做滿三年學徒，賺得三元錢一月，他又在薛家村盡頭架起一幢三間兩衖的七架屋了。

然而他並不就此告老休息，他仍和往日一樣的辛苦著，甚至比從前還辛苦起來。逢五逢十，是薛家村的市日，不必說。二四七九是横石橋市日，他也站在河北橋橋上，攔住了一、二支往横石橋去的柴船。

「賣得掉嗎？」山裡人問他說。

「自然！卸起來吧！包你們有辦法的！」

怎麼賣得掉呢，又不是逢五逢十，來往的人多？但是伊新叔自有辦法。薛家村裡無論哪一家還有多少柴，他全知道。他早已得著空和人家說定了。

「買一船去！阿根嫂！」他看見阿根嫂走到橋上，便站了起來，讓笑容露在臉上。

「買半船吧！」

「這柴不錯，阿根嫂，難得碰著，就買一船吧！五元二角算，今天特別便宜，總是要燒的，多買一點不要緊！——喂！來抬柴，長生！」他說著，提起了秤桿。

「五十一！——四十九！——五十三！……」

軋軋軋軋……

軋米船在薛家村的河灣那裡響了。

伊新叔的耳朵彷彿塞了什麼東西，連自己口裡喊出來的數目，也聽不清楚了。黑圈掩住了手邊的細小的秤花，罩住了柴擔和山裡人，連站在帝邊的阿根嫂也模糊了起來。

「生意真好！」有人在他的耳邊大聲說著，走了過去。

伊新叔定了一定神，原來是辛生公。

「請坐，請坐！」他像在自己的店裡一樣的和辛生公打著招呼。

但是辛生公頭也不回的，卻一逕走了。

伊新叔覺得辛生公對他的態度也和別人似的異樣了。辛生公本是好人，一見面就慣說這種吉利話的。可是現在彷彿含了譏笑的神情，看他不起了。

軋軋軋軋……

軋米船又響了。

它是正在他造屋子的時候來的。房子還沒有動工的時候，他已經聽到了北碶市永泰米行老闆林吉康要辦軋米船的消息。他知道軋米船一來，他的米生意就要清淡下來，少了一筆收入。但是他的造屋子的消息也早已傳了開去，不能打消了。倘若立刻打消，他的面子從此就會失掉，而且會影響到生意的信用上來。

「機器米，吃了不要緊嗎？」他那時就聽到了一些人對他試探口氣的話。

「各有各的好處！」他回答說，裝出極有把握的樣子，而且索性提早動工造屋了。

他知道軋米船一來，他的米生意會受影響，但他不相信會一點沒有生意。他知道薛家村裡有許多人怕吃了機器米生腳氣病，同時薛家村裡的人幾乎每一家都和他相當有交情。萬一米生意不好，他也盡有退路。他原來是開南貨店兼做雜貨的。這樣生意做不得，還有那樣。他全不怕。

但是林吉康彷彿知道了他提早動工的意思，說要辦軋米船，立刻就辦起來了。正當他豎柱上梁的那一天好日子，軋米船就駛到了薛家村。

軋軋軋軋……

這聲音驚動了全村的男女老小，全到河邊來看望這新奇的怪物了。伊新叔只管放著大爆仗和鞭爆，卻很少人走攏來。船正靠在他的鄰近的埠頭邊，彷彿故意對他來示威一樣。那是頭一天。並沒有人抬出穀子來給它軋。它軋的穀子是自己帶來的。

軋軋軋軋……

這樣的一直響到中午，軋米船忽然傳出話來，說是今天下午六點鐘以前，每家抬出一百斤穀來軋的，不要一個銅板。於是這話立刻傳了開去，薛家村裡像造反一樣，穀子一擔一擔的挑出來抬出來了。不到一點鐘，穀袋穀籮便從埠頭上一直擺到橋邊，擠得走不通路。

軋軋軋軋……

這聲音沒有一刻休息。黑圈呼呼的飛繞著，一直迷漫到伊新叔的屋子邊。伊新叔本來是最快樂的一天，覺得他的一生大事，到今天可以說都已做完了，給軋米船一來，卻弄得落入了地獄裡一樣，眼前一團漆黑，這軋軋軋軋的聲音簡直和刀砍沒有分別。他的年紀已經將近半百，什麼事情都遇到過，一隻小小的軋米船本來不在他眼裡，況且他又不是專靠賣米過日子的。但是它不早不遲，卻要在他豎柱上梁的那一天開到薛家村來，這預兆實在太壞了！他幾乎對於一切事情都起了恐慌，覺得以後的事情沒有一點把握，做人將要一落千丈了似的。他一夜沒有睡熟。軋米船一直響到天黑，就在那裡停過夜。第二天天才亮，它又在那裡響了。這樣的一直軋了兩天半，才把頭一天三點半以前抬來的穀子通通軋完。有些人家抬出來了又抬回去，抬回去了又抬出來，到最後才軋好。

伊新叔的耳內時常聽見一些不快活的話，這個說這樣快，那個說這樣方便。薛家村裡的人沒有一個不講到它。

「看著吧！」他心裡暗暗的想。他先要睜著冷眼，看它怎樣下去。有些東西起初是可以哄動人家的，因為它稀奇，但日子久了，好壞就給人家看出了。這樣的事情，他看見過好多。

軋米船以後常常來了。它定的價錢是軋一百斤穀，三角半小洋。伊新叔算了一算，價錢比自己請人礱穀舂米並不便宜。譬如人工，一天是五角小洋，一天做二百斤穀，加上一斤老酒一角三分，一共六角三分就夠了。飯菜是粗的，比不得裁縫。鹹齏，海蜇，龍頭鮳，大家多得很，用不著去買，米飯也算不得多少。有時請來的人不會吃酒，這一角三分就省去了。軋出來的比舂出來的白，那是的確的。可是鄉下人並不想吃白米，米白了二百斤穀就變不得一石米。而且軋出來的米碎。軋米船的好處，只在省事，只在快。可是這有什麼關係呢？請人礱穀舂米，一向慣了，並不覺得什麼麻煩。快慢呢，更沒有關係，絕沒有人家吃完了米才等穀的。

伊新叔的觀察一點不錯，軋米船的生意有限得很。大家的計算正和伊新叔的一樣，利害全看得出來，而且許多人還在講著可怕的話，誰在上海漢口做生意，吃的是機器米，生了好幾年腳氣腫病，後來回到家裡吃糙米，才好了。

一個月過去了，伊新叔查查帳目，受到的影響並不大。只有五家人家向來在他這裡來米的，這一個月裡不來了。但是他們的生意並不多，一個月裡根本就吃不了幾個。薛家村裡的人本來大半是自己請人礱的。朵米吃的人或者是因為家裡沒有礱穀的器具，或者是因為沒有現錢買一百斤、兩百斤穀，才到他店裡來零碎的朵米吃，而且他這裡又可以欠帳。軋米船搶去的這五家生意，因為他們比較的不窮，卻是家裡還購不起礱穀器具的，軋米船最大的生意還是在那些有穀子有礱具的人家。但這與他並沒有關係。

兩個月過去，五家之中已經有兩家又回到他店裡來朵米，軋米船的生意也已比不上第一個月，現在來的次數也少了。

「哪裡搶得了我的生意！」伊新叔得意的暗暗地說。他現在全不怕了。他只覺得軋米船討厭，老是烏煙瘴氣的軋軋軋軋響著。尤其是他豎柱上梁的那天，故意停到他的埠頭邊來，對他做出嚇人的樣子。但是他雖然討厭它，他卻並不罵它。他覺得罵起它來，未免顯得自己的度量太小了。

「自有人罵的。」他心裡很明白，軋米船搶去的生意並不是他的。它搶的是那些給人家礱穀舂米的人的生意。軋米船在這裡軋了二百斤穀子，就有一個人多一天閒空，多一天吃，少收入五角小洋。

「餓不死我們！」伊新叔早已聽見有人在說這樣又怨又氣的話了。

那是真的，伊新叔知道，他們有氣力拉得動礱，拿得動舂，挑得動擔子，那一樣做不得，何況他們也很少人專門靠這碗飯過日子的。

「一隻大船，一架機器，用上一個男工，一個寫帳的，一個徒弟，看它怎樣開銷過去吧！」他們都給它估量了一下，這樣說。

但是這一層，軋米船的老闆林吉康早已注意到了。他有的是錢。他在北碶市開著永泰米行，萬餘木行，興昌綢緞莊，隆茂醬油店，天生祥南貨店，還在縣城裡和人家合開了一家錢莊。他並不怕先虧本。他只要以後的生意好。第三個月一開始，軋米船忽然跌價了。以前是一百斤穀，三角半小洋，現在只要三角了。

這真是大跌價，薛家村裡的人又哄動了。自己請人等穀的人家都像碰到了好機會，紛紛抬了穀子到埠頭邊去。

「吃虧的不是我！」伊新叔冷淡的說。他查了一查這個月的米生意，一共只有六家老主顧沒有來往。他睜著冷眼旁看著，軋米船的生意好了一回，又慢慢的冷淡下去了。許多人已經在說軋出來的礱糠太碎，生不得火；細糠卻太粗，餵不得雞，只能賣給養鴨子的；價錢賣不到五個銅板，只值三個銅板一斤，還須自己篩了又篩。要礱糠粗，細糠細，大家寧願請人來先把穀礱成糙米，然後再請軋米船軋成熟米。但這樣一來，不能再叫人家出三角一百斤，只能出得一角半。

軋米船不能答應。寫帳的說，拿穀子來，拿米來，在他們都是一樣的手續。一百斤穀子只能軋五斗米，一百斤糙米軋出來的差不多仍有百把斤米，這裡就已經給大家便宜了，哪裡還可以減少一半價錢。一定要少，就少到二角半，不能再少了。薛家村裡的人不能答應，寧可仍舊自己請人等好舂好。

於是伊新叔親眼看見軋米船的生意又壞下去了。

「還不是開銷不過去的！」他說，心裡倒有點痛快。

「這樣賺不來，賺那樣！」軋米船的老闆林吉康卻忽然想出別的方法來了。

他自己本來在北碶市開著永泰米行的，現在既然發達不開去，停了又不好，索性叫軋米船帶賣米了。

現在軋米船才成了伊新叔的真正的對頭了。它把價錢定得比伊新叔的低。伊新叔歷來對人謙和，又肯幫別人的忙，又可以做帳，他起初以為這項生意誰也搶他不過，卻想不到軋米船把米價跌了下來，大家爭著往那裡去買了。上白，中白，倒還不要緊，吃白米的人本來少，下白可不同了，而軋米船的下白，卻偏偏特別定得便宜。

「這東西害了許多人，還要害我嗎？」他自言自語的說。扳起算盤來一算，照它的價錢，還有一點錢好賺。

「就跌下來，照你的價錢，看你搶得了我的生意不能！」伊新叔把米價也重新訂過了，都和軋米船的一樣：上白六元二角算，中白五元六角算，下白由五元算改成了四元八角。

伊新叔看見軋米船的生意又失敗了，薛家村裡的人到底和伊新叔要好，這樣一來，又全到昌祥南貨店來朵米了，沒有一個人再到軋米船去柴米。

「機器米，滑頭貨！吃了生腳氣病，那個要吃！」

林吉康看見軋米船的米生意又失敗了，知道是伊新叔也跌了價的原因，他索性又跌起價來。他上中白的米價再跌了五分，下白竟又跌了一角。

伊新叔扳了一扳算盤，也就照樣的跌了下來。

生意仍是伊新叔的。

然而林吉康又跌米價了：下自四元六。

伊新叔一算，一元一角算潮穀，燥乾扇過一次，只有九成。一石米，就要四元穀本，一天人工三角半，連飯菜就四元四角朝外了，再加上屋租，捐稅，運費，雜費，利息，只有虧本，沒有錢可賺。

跟著跌不跌呢？不跌做不來米生意。新穀又將上市了，陳穀積著更吃虧。他只得咬著牙齒，也把米價跌了價。

現在軋米船的老闆林吉康彷彿也不想再虧本了。軋米船索性不來了。他讓它停在北碶市的河邊，休了業。

伊新叔透了一口氣過來，覺得虧本還不多，下半年可以補救的。

「瞎弄一場，想害人還不是連自己也害進在內了！」他噓著氣說，「不然，怎麼會停辦呢！」

但是他卻沒有想到林吉康已經下了決心，要弄倒他。

軋軋軋軋……

秋收一過，軋米船又突然出現在薛家村了。

它依然軋米又賣米。但兩項的價錢都愈加便宜了。拿米去軋的，只要一角五分，依照了薛家村從前的要求。米價卻一天一天便宜了下來，一直跌到下白四元算。

伊新叔才進了一批新穀，拚了命跟著跌，只是賣不出去。薛家村裡的人全知道林吉康在和伊新叔牛花樣，虧本是不在乎的，伊新叔跌了，林吉康一定還要跌。所以伊新叔跌了價，便沒有人去買，等待著第二天到軋米船上去買更便宜的米。

伊新叔覺得實在虧本不下去了，只得立刻宣布不再做米生意，收了一半場面，退了工人，預備把收進來的穀賣出去。

「完啦，完啦！」他嘆息著說，「人家本錢大，虧得起本，還有什麼辦法呢！」

然而林吉康還不肯放過他。他知道伊新叔現在要把穀子賣出去了，他又來了一種花樣。新穀一上場，他早已收入許多穀，現在他也要大批的出賣了。他依然不怕虧本，把穀價跌得非常的低。伊新叔不想賣了，然而又硬不過他。留到明年，又不知道年成好壞，而自己大批的穀存著，換不得錢，連南貨店的生意也不能活動了。他沒有辦法，只得又虧本賣出去。

軋軋軋軋……

軋米船生意又好了。不但搶到了米生意，把工人的生意也搶到了。它現在三天一次，二天一次，有時每天到薛家村來了。

「惡鬼！」伊新叔一看見軋米船，就咬住了牙齒，暗暗的詛咒著。他已經負上了一筆債，想起來又不覺恐慌起來。他做了幾十年生意，從來不曾上過這樣大當。

伊新叔看著軋米船的米生意好了起來，米價又漸漸高了，他的穀子賣光，穀子的價錢也高了。

「不在乎，不在乎！」伊新叔只好這樣想，這樣說，倘若有人問到他這事情。「這本來是帶做的生意。這裡不賺那裡賺！我還有別的生意好做的！」

真的，他現在只希望在南貨雜貨方面的生意好起來了。要不是他平時還做著別的生意，吃了這一大跌，便絕對沒有再抬頭的希望了。

他這昌祥南貨店招牌老，信用好之外，還有一點最要緊的是地點。它剛在河北橋橋頭第一家，街的上頭，來往的人無論是陸路水路，坐在櫃臺裡都看得很清楚。市日一到，擔子和顧客全擁擠在他的店門口，他兼做別的生意便利，人家向他買東西也便利。房租一年四十元，雙間門面，裡面有棧房廚房，算起來也還不貴。米生意雖然不做了，空了許多地方出來，但伊新叔索性把南貨店裝飾起來，改做了一間客堂，樣子愈加闊氣了。到他店裡來坐著閒談的人本來就不少，客堂一設，閒坐的人沒有在櫃臺內坐著那樣拘束，愈加坐得久了。大家都姓薛，伊新叔向來又是最謙和的，無論他在不在店裡，盡可坐在他的店裡，閒談的閒談，聽新聞的聽新聞，觀望水陸兩路來往的也有，昌祥南貨店雖然沒有經理，帳房，夥計，學徒，給他們這麼一來，卻一點不顯得冷落，反而特別的熱鬧了。

但這些人中間有照顧伊新叔的，也有幫倒忙的人。有一天，忽然有一個人在伊新叔面前說了這樣的話：

「聽說軋米船生意很好，林吉康有向你分租一間店面的意思呢！」

伊新叔睜起眼睛，發了火，說：

「──哼！做夢！出我一百元一月也不會租給他！除非等我關了門！」他咬著牙齒說。

「這話不錯！」大家和著說。

說那話的是薛家村的村長，平時愛說笑話，伊新叔以為又是和他開玩笑，所以說出了直話，卻想不到村長說這話有來因，他已經受了林吉康的委託。伊新叔不答應，丟了自己的面子，所以裝出毫無關係似的，探探伊新叔的口氣。果然不出他所料，伊新叔一聽見這話不管是真是假，就火氣直衝。

「就等他關了門再說！」林吉康笑了一笑說。他心裡便在盤算，怎樣報這一口氣。

他現在不再顯明的急忙的來對付伊新叔，他要慢慢的使伊新叔虧本下去。最先他只把他隆茂醬油店的醬油減低了一、兩個銅板的價錢。

北碶市到薛家村只有二里半路程，眨一眨眼就到。每天每天薛家村裡的人總有幾個到北碶市去。雖然隆茂的醬油只減低了一、兩個銅板，薛家村裡的人也就立刻知道。大家並不在乎這二里半路，一聽到這消息，便提著瓶子往北碶市去了。

「年頭真壞！」伊新叔嘆息著說，他還沒有想到又有人在捉弄他。他覺得醬油生意本來就不大，不肯跟著跌，想留著看看風色。

過了不久，老酒的行情卻提高了。許多人在講說是今年的酒捐要加了，從前是一缸五元，今年會加到七元。糯米呢，因為時局不太平，又將和南稻穀一齊漲了起來。

「這裡賺不來，那裡賺！」伊新叔想。他打了一下算盤，看看糯米的價錢還漲得不多，連忙辦好一筆現款，收進了一批陳酒。

果然穀價又繼續漲了，伊新叔心裡很喜歡。老酒的行情也已繼續漲了起來，伊新叔也跟著行情走。

但是不多幾天，隆茂的老酒卻跌價了。伊新叔不相信以後會再便宜，他要留著日後賣，寧可眼前沒有生意，也不肯跟著跌。於是伊新叔這裡的老酒主顧又到北碶市去了。

北碶市的隆茂醬油店跌了幾天，又漲了起來，漲了一點，又跌了下來，伊新叔愈加以為林吉康沒有把握，愈加不肯跟著走。

九月一到，包酒捐的人來了。並沒有加錢。時局也已安定下來。老酒的行情又跌了，伊新叔這時才知道上了當，趕快跟著人家跌了價。但隆茂彷彿比他更恐慌似的，賣得比別人家更便宜，跌了又跌，跌了又跌，三十個銅板一斤的老酒，竟會一直跌到二十個銅板。

伊新叔現在不能不跟著走了。別的店鋪可以把酒積存起來，過了一年半載再賣，他可不能。他的本錢要還，利息又重，留上一年半載，誰曉得那時還會再跌不會呢！單是利上加利也就夠了。

這一次虧本幾乎和米生意差不多，使他起了極大的恐慌。他現在連醬油也不敢不跌價了。

然而伊新叔是一生做生意的，人家店鋪的發達或倒閉，他看見了不曉得多少次。他一方面謹慎，一方面也有著相當的膽量。他現在雖然已經負了債，他仍有別的希望。

「二十幾歲造成現在啦！」他說。「頭幾年單做南貨生意也弄得好好的！」

「看著吧！」林吉康略略的說，「看你現在怎樣！」

他又開始叫天生祥南貨店廉價了。從北碶市到薛家村，他叫人一路貼著很觸目的大廉價廣告。這時正是年關將近，家家戶戶採購南貨最多的時候，往年逢到配貨的人家送一包祭灶果的，現地天生祥送兩包了，而且價錢又便宜了許多。薛家村裡的人又往北碶市去了。到了十二月十五，昌祥南貨店還沒有過年的氣象。伊新叔跟著廉起價來，但還是生意不多。平日常常到他店堂裡來坐著閒談的那些人，現在也幾乎絕跡了，他們一到年關，也有了忙碌的事情。同時銀根也緊縮起來，上行一家一家的來了信，開了清單來，錢莊裡也來催他解款了。

伊新叔看看沒有一點希望了。這一年來為了造屋子，用完了錢還借了一些債，滿以為一年半載可以賺出來還清，卻不料米和酒虧了本，現在南貨又賺不得錢。倘不是他為人謙和，昌祥南貨店的招牌老，信用好，早已沒有轉折的餘地，關上門辦倒帳了。幸虧薛家村裡的一些婆婆嫂嫂對他好，信任他，兒子丈夫寄來的過年款或自己的私錢，五十一百的拿到他那裡來存放，解了他的圍。

年關終於過去了。伊新叔自己知道未來的日子更可怕，結果怎樣幾乎不願想了。

但他也不能不自己哄騙著自己，說：

「今年再來過！一年有一年的運氣！林吉康不見得會長久好下去，他倒起來更快！那害人的東西，他倒了，沒有一點退路，我倒了還可以做『稱手』過日子的！」

真的，伊新叔沒有本錢，可以做「稱手」過日子的。一年到頭有得東西稱。白菜，蘿菔，毛筍，梅子，杏子，桃子，西瓜，脆瓜，冬瓜……還有逢二四五七九的柴。單是稱柴的生意也夠忙碌了，今天跑這裡兜主顧，明天跑那裡兜主顧。

「這柴包你不潮溼！」他看見品生嬸在用手插到柴把心裡去，就立刻從橋上站起來，止住了她，說。「有溼柴，我會給你揀出的！價錢不能再便宜了，五元二角算。」

「可以少一點嗎？」品生嬸問了。

「給你稱得好一點吧。」伊新叔回答說。「價錢有行情，別地方什麼價錢，我們這裡也什麼價錢，不能多也不能少的。買柴比不得買別的東西。我自己家裡燒的也是柴，巴不得它便宜一點的。就是這兩擔嗎？——來，抬起來！——四十八！——你看，這樣大的一頭柴，只有四十八斤，燥得真可以了！——五十！——五十一！——四十九！……」

軋軋軋軋……

軋米船在河北橋的埠頭邊響起來了。

伊新叔的眼前全是窒息的黑圈，滾著滾著，籠罩在他的四圍，他透不過氣，也睜不開眼來，他覺得自己癱軟得非常可怕，連忙又拖著秤坐倒在橋上。

軋軋軋軋……

他聽見自己的心也大聲的響了起來。它在用力的撞著。他覺得他身內的精力，全給它撞走了，那裡面空得那麼可怕，正像昌祥南貨店一樣，門開著，東西擺著，招牌掛著，但暗地裡已經虧了本錢，棧房裡的貨舊的完了，新的沒有進，外面背了一身債，毛一樣的多……

「稱一斤三仝，伊新叔！」吉生伯母來買東西了。

伊新叔開開櫃屜來，只剩了半斤龍眼。

他跑到棧房裡，那裡只有生了白花的黑棗。

再跑到櫃臺內，拉出幾隻櫃屜來看，那裡都是空的。他連忙遮住了吉生伯母的眼光，急速地推進了櫃屜。

「賣完了，下午給你送來，好麼？」

吉生伯母搖了搖頭，走了。

他看見她的眼光裡含著譏笑的神情，彷彿在說：「你立刻要辦倒帳啦！我知道！」

「一聽罐頭筍！」本全嬸站在櫃臺外，說。

「請坐！請坐！」伊新叔連忙鎮定下來，讓笑容露在臉上，說。一面怕她看見不自然的神色，立刻轉過身來，走到了櫥邊。

他呆了一會，像在思索什麼似的，總算找到了一聽。抹了一抹灰。

「怎麼生了鏽？揀一聽好的吧！」本全嬸瞪起奇異的眼光，說。

「外面不要緊，外面不要緊！運貨的時候下了雨，所以生鏽啦。你拿去不妨，開開來壞了再來換吧！」他這麼說著，心裡又起了恐慌。他看見本全嬸瞪著眼在探看他的神色，估量店內的貨物。她拿著罐頭筍走了，她彷彿在暗地說：「昌祥南貨店要倒啦！」

「要倒啦！要倒啦！」伊新叔聽見她走出店門在對許多人說。

「要倒啦！要倒啦！」外面的人全在和著，向他這邊走了過來。

伊新叔連忙開開後門，走到了橋上。

「柴錢一總多少，請你代我墊付了吧！」品生嬸說。

這話不對，她有錢存在他這裡，現在要還了！

「我五十！」

「我一百！」

「我三百！」

「還給我！伊新叔！」

「……」

「……」

「……」

軋軋軋軋……

「把新屋子賣給我償債！」

軋軋軋軋……

「把店屋讓給我！」

軋軋軋軋……

長生嫂、萬福嬸、威康伯母、阿林侄、貴財叔、明發怕、本全嬸、辛生公、阿根嫂、梅生駝背、阿李拐腳、三麻皮、上行、錢莊……全來了，黑圈似的漫山遍野的向他滾了過來。

伊新叔從橋欄上站了起來，把柴秤丟在一邊。他知道現在連這一分行業也不能再幹下去了。他必須立刻離開這裡。

「好吧，好吧，明天是市日。明天再來！包你們有辦法的！」

他說著從橋上走了下來。

軋軋軋軋……

他聽見自己的腳步也在大聲的響著。

中人

端陽快到了。

阿英哥急急忙忙地離開了陳家村，向朱家橋走去。一路來溫和的微風的吹拂，使他感覺到渾身通暢，無意中更加增加了兩腳的速度，彷彿乘風破浪的模樣。他的前途頗有希望。

美生嫂是他的親房，剛從南洋回來。聽說帶著許多錢。美生哥從小和他很要好，可惜現在死了。但這個嫂子對他也不壞，一見面就說：

「哦，你就是阿英叔嗎？——多年不見了，老了這許多……我們在南洋常常記掛著你哩！近來好嗎？請常常到我家裡來走走吧！」

她說著，暗地裡打量著他的衣衫，彷彿很憐憫似的皺了一會眉頭，隨後笑著說：

「聽說你這幾年來運氣不大好……這不必愁悶，運氣好起來，誰也不曉得的……像你這樣的一個好人！」

最後他出來時，她背著別人，送了他兩元現洋，低聲的說：

「遠遠回來，行李多，不便帶禮物，……就把這一點點給嬸嬸買脂粉吧。」

他當時真是感動得快流下眼淚來了！

這三年，他的運氣之壞，連做夢也不會做到。最先是死母親，隨後是死兒子，最後是關店鋪，半年之內，跟著來。他這裡找事，那裡託人，只是碰不到機會。一家六口，天天要吃要穿，貨價又一天高似一天，兼著關店時負了債，變田賣屋，還債清不了。最後單剩了三間樓房，一年前就想把它押了賣了，卻沒有一個僱主。大家都說窮，連償債也不要。他的上代本來是很好的，一到他手裡忽然敗了下來，陳家村裡的人就都議論紛紛，說他是賭光的，嫖光的，吃光的，沒有一個人看得起他。從前人家向他借錢，他沒有不借給人家；後來他向人家借錢，說了求了多少次，人家才借給他一元兩元。而且最近，連一元半元也沒有地方借了。人家一見到他，就遠遠地避了開去，彷彿他身上生著刺，生著什麼可怕的傳染病一般。

美生嫂的回來，他原是怕去拜望她的。他知道她有錢，他相信她和別的人一樣，見著他這個窮人害怕。但想來想去，總覺得她和他是親房，美生哥從小和他很好，這次美生嫂遠道回來，陳家村裡的人幾乎全去拜望過她了，單有他不去，是於情於理說不過去的。所以他終於去了。他可沒有存著對她有所要求的念頭。

然而事情卻完全出乎他意料之外，美生嫂一見面就非常親熱，說他常常記念他，現在要他常常到她家裡去，並不看見他衣服穿的襤褸，有什麼不屑的神情，反而說他是好人，安慰他好運氣自會來到的。而且，臨行還送他錢用。又怕他難堪，故意說是給他的妻子買脂粉用的。這樣的情誼，真是他幾年來第一次遇到！

她真的是一個十足的好人，他這幾天來還聽到她許多的消息。說是她在南洋積了不少的錢，現在回到家中要做慈善事業了：要修朱家橋的橋，陳家村的祠堂，要鋪石楔鎮的路，要設施粥廠，要開平民醫院……一個人有一個人的說法，但總之，全是做好事！她有多少錢呢？有的說是五萬，有的說是十萬，二十萬，也有人說是五十萬，總之，是一個很有錢的女人！

於是阿英哥不能不對她有所要求了。

他想，倘若她修橋鋪路，她應該用得著他去監工，若她辦平民醫院，應該用得著他做個會計，或事務員，或者至少給她做個掛號或傳達。

但這還只是將來的希望，他眼前還有一個更迫切的要求，必須對她提出。那就是，端陽快到了，他需要一筆款子。

他不想開口向她借錢，他想把自己的屋子賣給她。他想起來，這在她應該是需要的。她本是陳家村裡的人，從前的屋子已經給火燒掉，現在新屋還沒有造，所以這次回來就只好住在朱家橋的親戚家裡。她只有兩個十幾歲的兒子，人口並不多，他的這三間樓房，現在給她一家三口住是很夠的，倘若將來另造新屋，把這一份分給一個兒子也很合宜。況且連著這樓房的祖堂正是她也有份的，什麼事情都方便。新屋造起了，這老屋留著做棧房也好，租給人家也好。他想來想去，這事於她沒有一點害處。至於他自己呢，將來有了錢，造過一幢新的；沒有錢，租人家的屋子住。眼前最要緊的是還清那些債。那是萬萬不能再拖過端陽節了！年關不曾還過一個錢，——天曉得，他怎樣挨過那年關的！……

他一想到這裡，不覺心房砰砰的跳了起來，兩腳有點踉蹌了。

阿芝嬸、阿才哥、得福嫂、四喜公……彷彿迎面走來，伸著一隻手指逼著他的眼睛，就將刺了進來似的……

「端陽到了！還錢來！」

阿英哥流著一頭的汗，慌慌張張走進了美生嫂的屋裡。

「阿嫂……」

「喔！——阿英叔！——」美生嫂正從後房走到前房來，驚訝地叫著說。

「請坐，請坐……有什麼要緊事情嗎？怎麼走出汗來了……」

「是……天氣熱了哩……」阿英哥答應著，紅了臉，連忙拿出手巾來指著額角，輕輕地坐在一把紅木椅上。

「不錯，端陽快到了……」美生嫂笑著說。

阿英哥突然站了起來，他覺得她已經知道他的來意了。

「就是為的這端陽，阿嫂……」他說到這裡，畏縮地中止了，心中感到了許多不同的痛苦。

美生嫂會意地射出尖銳的眼光來，瞪了他一下，皺了一皺眉頭，立刻用別的話宕了開去：

「在南洋，一年到頭比現在還熱哩……你不看見我們全晒得漆黑了嗎？哈哈，簡直和南洋土人差不多呢！……」

「真的嗎？……那也，真奇怪了……」阿英叔沒精打彩的回答說。他知道溜過了說明來意的機會，心裡起了一點焦急。

「在那裡住了幾年，可真不容易！冬天是沒有的，一年四季都是夏天，熱死人！吃也吃不慣！為了賺一碗飯吃，在那裡受著怎麼樣的苦呵！

「錢到底賺得多……」

「那裡的話，回到家來，連屋子也沒有住！」

「正是為的這個，阿嫂，我特地來和你商量的……」

美生嫂驚訝地望著阿英哥，心裡疑惑地猜測著，有點摸不著頭腦。她最先確信他是借錢而來的，卻不料倒是和她商量她的事情。

「叔叔有什麼指教呢？」她虛心地說。

「嫂嫂是陳家村人，祖業根基都在陳家村……」

「這話很對……」

「陳家村裡的人全是自己人，朱家橋到底只有一家親戚，無論什麼事情總是住在陳家村方便……」

「唉，一點不錯……住在朱家橋真是冷落，沒有幾個人相識……」美生嫂嘆息著說。

「還有，祖堂也在那邊，有什麼事情可以公用。這裡就沒有。」

「叔叔的話極有道理，不瞞你說，我住在這裡早就覺著了這苦處，只是……我們陳家村的老屋……」

「那不要緊。現在倒有極合宜的屋子。」

「是怎樣的屋子，在哪裡呀？」美生嫂熱心地問。

「三間樓房……和祖堂連起來的……」阿英哥囁嚅地說，心中起了慚愧。

「那不是和叔叔的一個地方嗎？是誰的，要多少錢呢？那地方倒是好極了，離河離街都很近，外面有大牆。」她高興的說。

「倘嫌少了，要自己新造，這三間樓房留著也有用處。」

「我哪裡有力量造新屋！有這麼三間樓房也就夠了。叔叔可問過出主，要多少錢？是誰的呢？倘若要買，自然就請叔叔做個中人。」

阿英哥滿臉通紅了，又害羞又歡喜，他站了起來，走近美生嫂的身邊，望了一望門口，低聲地囁嚅的說：

「不瞞阿嫂……那屋子……就是……我的……因為端陽到了……我要還一些債……價錢隨阿嫂……」

「怎麼？……」美生嫂驚詫地說，皺了一皺眉頭，投出輕蔑的眼光來。「那你們自己住什麼呢？」

「另外……想辦法……」

「那不能！」美生嫂堅決的說，「我不能要你的屋，把你們趕到別處去！這太罪過了！」

「不，阿嫂……」阿英哥囁嚅地說，「我們可以另外租屋的，揀便宜一點，……小一點……有一間房子也就夠了……」

「喔，這真是罪過！」美生嫂搖著頭說，「我寧願買別人的屋子。你是我的親房！」

「因為是親房，所以說要請阿嫂幫忙……端陽節快到了，我欠著許多債……無論是賣，是押……」

「你一共欠了許多債呢？」

「一共六百多元……」

「喔，這數目並不多呀！……」她仰著頭說。「屋子值多少呢？」

「新造總在三千元以上，賣起……阿嫂肯買，任憑阿嫂吧……我也不好討價……」

「不瞞叔叔說，」美生嫂微微地合了一下眼睛，說，「屋子倒是頂合宜的，叔叔一定要賣，我不妨答應下來，只是我現在的錢也不多，還有許多用處……都很要緊，你讓我盤算一、兩天吧。」

「謝謝阿嫂，」阿英哥感激地說，「那麼，我過一、兩天再來聽回音……總望阿嫂幫我的忙……」他說著高興地走了出去。

「那自然，叔叔的事情，好幫總要幫的！」

美生嫂說著，對著他的背影露出苦笑來，隨後她暗暗地嘆息著說：

「唉！一個男子漢這樣的沒用！」她搖著頭。「田賣完了，還要賣屋！從前家產也不少，竟會窮到沒飯吃！……做人真難，說窮了，被人欺，說有錢，大家就打主意這個來借，那個來捐……剛才說不願意買，他就說押也好，倘若說連押也不要，那他一定要說借了，倒不如答應他買的好……但是，買不買呢？嘻！真是各人苦處自己曉得！

美生嫂想到這裡，不覺皺上了眉頭。

她的苦處，真是只有她自己曉得。現在人家都說她發了財回來了，卻不曉得她還有多少錢。

三、四年前，她手邊積下了一點錢，那是真的。但以後南洋的生意一天不如一天，她的錢也漸漸流出去了。一年前，美生哥生了三個月的病，不能做生意，還須吃藥打針，死後幾乎連棺材也買不起，她現在總算帶著兩個孩子把美生哥的棺材運回來了。這是一件太困難的事！幸而她會設法，這裡募捐，那裡借債，哭哭啼啼的弄到了三千元路費。回到家鄉，唸佛出喪，開山做墳，家鄉自有家鄉的老辦法，一點也不能省儉。

「南洋回來的！」大家都這麼說，伸著舌頭。下面的意思不說也就明白了：南洋是頂頂有錢的地方，從那邊回來的沒有一個不發財。無論怎樣辦，說是在那邊做生意虧了本，沒有一個人不搖頭，說這是假話。在南洋，大家相信，即使做一個茶房，也能發財。十年前就有過這樣的例子。

「那是出金子出珠子的地方，到處都是，土人把它當沙子一樣看待的！」從前那個做茶房的發了財回來告訴大家說。大家聽了，都想去，只是沒有這許多路費。現在美生嫂居然在那邊住了許多年，還扛著一口棺材回來，誰能不相信她發了財呢？許多人甚至不相信美生哥真的死了，他們還懷疑著那口棺材裡面是藏著金子的。

美生嫂知道窮人不容易過日子，到處會給人家奚落，譏笑，欺侮，平日就假裝有錢的樣子，現在回到家鄉，也就愈加不得不把自己當做有錢的人了。因為雖說她是這鄉間生長的女人，離開久了，人地生疏了許多，娘家夫家的親人又沒有一個，孤零零的最不容易立足。所以當人家羨慕稱讚她發了財回來的時候，她便故意裝出謙虛的樣子，似承認而不承認的說：

「哪裡的話，在南洋也不過混日子，那裡說得上發財！有幾百萬幾千萬家當，才配得上說發財呢！」

她這麼說，聽的人就很清楚了。倘若她沒有百萬家當，幾十萬是該有的，沒有幾十萬，幾萬也總是有的。於是她終是一個發了財的人了。

發了財回來，做些什麼事呢？大家都關心著這事。有些人相信她將買田造屋，因為她的老屋已經沒有了。有些人相信她將做好事，修橋鋪路，辦醫院，因為她前生有點欠缺，所以今生早年守寡，現在得來修點功德。有些人相信她將開點鋪做生意，因為她有兩個兒子，丈夫死了，不能坐吃山空。大家這樣猜想，那樣猜想，一傳十，十傳百，不曉得怎的這些意思就全變成了美生嫂自定的計畫，說她決定買田造屋了，決定修橋鋪路了，決定……於是今天這個來，明天那個來，有賣田的，賣屋的，有木匠，有石匠，有泥水匠，有中人，有介紹人……

「沒有的事！」美生嫂回答說。「我沒有錢！」

但是沒有一個人相信，只是紛紛的來說情。她沒辦法了，只得回答說：

「緩一些時候吧，我現在還沒決定先做哪一樣呢。決定了，再請幫忙呀。」

大家這才安心的回去了。而她要做許多大事業也就更加使人確信起來。

「但是，天呵！」美生嫂皺著眉頭，暗暗叫苦說。「日子正長著，只有五百元錢，叫我怎樣養大這兩個孩子呀！……」

她想到這裡，心中像火燒著的一樣，汗珠一顆一顆的從額上湧了出來。

她在南洋起身時候，對於未來的計畫原是盤算得很好的：她想這三千元錢除了路費和美生哥的葬費以外，應該還有一千元剩餘，家裡有八畝三分田，每年收得四千斤租穀，一家三口還吃不了，至於菜蔬零用，鄉里是很省的，每月頂多十元，而那一千元借給人家，倘若有四分利息，每年就有四百元，養大孩子是一點也不用愁的了。那曉得到得家鄉，路費已經多用了，葬費又給大家扯開了袋口，到現在只剩下了五百元。租穀呢，近幾年來早已打了個大折頭，雖然勉強夠吃了，錢糧大捐稅多，卻和拿錢去買差不了好多。鄉里的生活程度也早已比前幾年高了好幾倍，每月二十元還愁敷衍不下了。至於放債，都是生疏的窮人，本來相信不了，放心不下。而現在卻也並不能維持她這一生的生活了。

將來怎麼辦呢？橫在她眼前的辦法是很顯明的：不久以後，她必須把那八畝三分的田賣出去了。發了財的人也賣田嗎？那她倒有辦法。她可以說，因為自己是個女人，兒子們太小，一年兩季秤租不方便，或者說那幾畝田不好，她要換好的，或者說……然而，到處都是窮人，大家的田都沒有人要，她又賣給誰呢？

「現在，阿英叔卻來要我買他的屋子了！咳，咳！」她想到這裡，心中說不出的痛苦，簡直笑不得，哭不得，連鼻梁也皺了起來。

「呵呵，天氣真熱，天氣真熱！」忽然門口有人這樣說著走了進來。「美生嫂在家嗎？」

美生嫂立刻辨別出來這是貴生鄉長的聲音，趕忙迎了出去。

「剛才喜鵲叫了又叫，我道是誰來，原來是叔叔！」她微笑著說，轉過身，跟在貴生鄉長後面走了進來。

「請坐，請坐，叔叔，」她說著，一面從南洋帶來的金色熱水瓶裡倒了一杯茶水，一面又端出瓜子和香菸來。

貴生鄉長的肥胖的身子緩慢地坐下椅子，又緩緩地轉動著臃腫的頭頸，微仰地射出尖銳的眼光望了一望四周的家具，打量一下美生嫂的瘦削的身材，沉默地點了幾下頭，彷彿有了什麼判斷似的。

「天氣真熱，端陽還沒到。哈哈！」貴生鄉長習慣地假笑著說。

「真是！這樣熱的天氣要叔叔走過來，真是過意不去。我坐在房子裡都覺得熱哩。」美生嫂說著，用手帕揩著自己的額角，生怕剛才的汗珠給貴生鄉長看了出來。

「那到沒有什麼要緊。我原來是趁便來轉一轉的。剛才看見阿英從這裡走了出去，喜氣洋洋的，想必你……」貴生鄉長說到這裡，忽然停住了，等待著美生嫂接下去。

「還不是和別人一樣，叔叔……我實在麻煩不下去了，這個要我買田，那個要我買屋……你說，我有什麼辦法？」

「想是阿英要把他的三間樓房賣給阿嫂了。」

「就是這樣……」

「哦，答應他了嗎？」貴生鄉長故意做出驚異的神情問。

「怎麼樣？叔叔，你說？」美生嫂詫異地問。

「怪不得他得意洋洋的……咳，現在做人真難……不留神便會吃虧……」

「叔叔的話裡有因，請問這事情到底怎麼樣呢？」

「我說，阿嫂，」貴生鄉長像極誠懇似的說，「做人是不容易的，……請勿怪我直說，你到底是個女人家，幾年出門才回來，這裡情形早已大變了，你不會明白的……現在的人多麼滑頭！往往一間屋子這裡押了又在那裡抵，又在別處賣的！」

「幸虧我還沒有答應他！」美生嫂假裝著歡喜的說，「叔叔不提醒我，我幾乎上當了！」

「你要買產業，中人最要緊。現在可靠的中人真不容易找。有些人貪好處，往往假裝不知道，弄得一業二主。老實對阿嫂說，我是這裡的鄉長，情形最熟悉，也不怕人家刁皮的……」

「我早已想到了，來問叔叔的，所以答應他給我盤算一、兩天哩。」美生嫂假裝著誠懇的說，「給叔叔這麼一說，我決計不要那屋子了。」

「喔，那到不必，」貴生鄉長微笑著說。「但問阿嫂，那屋子合宜不合宜呢？」

「那倒是再合宜沒有了，離街離河都近，又有大牆，又有祖堂。」

「他要多少錢呢？」

「他沒說，只說任憑我。說是新造總要三千元。推想起來，叔叔，你說該值多少呢？」

「這也很難說。阿嫂一定要買，我給你去講價，總之，這是越少越好的。我不會叫阿嫂吃虧。」貴生鄉長說著，用手摸著自己的面頰，極有把握的樣子。

「房子雖然合宜，不過我不想買。聽了叔叔的一番話，我寧願自己造呢。」

「那自然是自己造的好，」貴生鄉長說著，微笑地膜了她一眼，「不過這事情更麻煩，你一個女人家須得慢慢的來，照我的意思，這裡弊端更多著呢：木匠，泥水匠，木行，磚瓦店……況且也不是很快就可以造成的……我看暫時把它拿下，倒也是個好辦法，反正花的錢並不多。況且新的造起了，舊的也有用處的：租給人家也好，自己做棧房也好。不瞞阿嫂說，」貴生鄉長做出非常好意的神情說，「我倒非常希望便搬到陳家村去：一則我們陳家村人大家有面子，二則阿嫂有什麼事情，我也好照顧。現在地方上常常不太平，那一村的人是只顧那一村的人哩。」

貴生鄉長說到這裡，又瞟了美生嫂一眼，看見她臉上掠過一陣陰影，顯出不安的神情來，便又微笑地繼續的說：

「我因此勸你早點搬到陳家村去，阿嫂。怕多花錢，不買它也好，花三、五百元錢作抵押吧。你要是搬到陳家村去了，那你才什麼都方便，什麼也不必擔心，我們是自己人，我是鄉長，什麼事情都有我在著……」

美生嫂起先似有點抑不住心中的恐慌，現在又給貴生鄉長一席話說得安定了。而且她心裡又起了一陣喜悅，覺得他給她出的主意實在不錯。那三間樓房原是她所非常需要的，只因自己沒有錢，所以決計止住了自己的慾望，只是假意的和阿英哥敷衍，和貴生鄉長敷衍。但現在貴生鄉長說只要花三、五百元錢作抵押，不由得真的動了心了。說是三、五百元，也許三百元，二百五十元就夠了，她想。她剩餘下來的五百元，現在正沒處存放，一面也正沒屋子住。這事情倒是一舉兩得。而且，還是體面的事情！還幫了阿英叔的忙，還給了鄉長的面子！

「只是不曉得那屋子抵押給別人過沒有哩？」

「這個我清楚。阿英是個老實人，他不會騙人的。」

「那麼，就煩叔叔做中人，可以嗎？錢還是少一點，橫直將來要退還的。」美生嫂衷心的說。

「那自然，我知道的。我沒有不幫阿嫂的忙。」

貴生鄉長笑著說，心裡非常的得意。他最先就知道這個女人有點厲害，須費一些唇舌，現在果然落入他的掌中了。

「此外，阿嫂有什麼事情，只管來通知我。」他繼續著說，「我是陳家村的鄉長，陳家村裡的人都歸我管的。我們有保衛團，誰不服，就捉誰。各村的鄉長和上面的區長，縣長都是和我要好的哩，哈哈！……」他說著得意地笑了起來，瞇著眼。

「叔叔才大福大，也是前生修來的功德。要在前清，怕也是戴紅翎的三品官哩。……我們老百姓全托叔叔的庇護呀！」美生嫂感激的說。

「那也是實話，現在的鄉長雖沒有官的名目，其實也和做官一樣了。只是，這個鄉長卻也委實不易做。」貴生鄉長眉頭一皺，心裡就有了主意。「下面所管的人都是自己人，大小事體頗不容易應付，要能體恤，要能公平。而上面呢，像區長，像縣長，得要十分的服從，一個命令下來，限三天就是三天，要怎樣就得怎樣，絕對沒有通融的，尤其是一些戶口捐哪，壯丁捐哪，大家拿不出來，只得我自己來墊湊，也虧得村中幾個有錢的人來幫助。……譬如最近，上面又有命令下來了，派陳家村籌兩千元航空捐，就把我逼得要命，航空捐，從前是已經徵收過好幾次的，一直到現在，錢糧裡還附徵著。大家都說不願意再付了，也沒有能力再付了。他們不曉得這次的航空捐和以前是不同的。」從前是為的打××人，現在是××，我們陳家村能不捐款嗎？但大家是自己人，又不好強迫，你說，阿嫂，這事情怎麼辦呢？」

「這也的確為難……」美生嫂皺著眉頭說，她心裡已經感覺到一種恐慌了。她知道貴生鄉長的話說下去，一定是要她捐錢的，因此立刻想出了一句話來抵制。「我們在南洋也付過不少的般空捐哩！收了又收，誰也不願意！」

「可不是呀！」貴生鄉長微笑著說。「誰也不願意！幸虧得幾個有錢的幫我的忙，兩百、三百的拿出來，要不然我這鄉長真不能當了，而且，這數湊不成，也是本村的幾個有錢的吃虧，上面追究起來，是逃不脫的。……」

貴生鄉長說到這裡停住了，故意給她一些思索的時間，用眼光釘著她，觀察著她的神色。美生嫂是一個聰明人，早已知道這話的意義，把臉色沉了下來。而且那數目使她害怕，開口就是幾百元，這簡直是要她的命了！她一時怔得說不出話來，臉色非常的蒼白。

貴生鄉長見著這情形，微笑了一下，又繼續的說了：

「阿嫂，這筆款子明天一早就要解往縣裡去了，我現在還差四百元，你說怎麼辦呢？照我的意思，——唉，這話也實在不好說，——照我的想法，還得請阿嫂幫個忙，我自己墊一百元，阿嫂捐一百五十元，另外借我一百五十元，以後設法歸還你。你說這樣行得嗎？」

美生嫂一時說不出話來，只是發著怔，過了半晌，才喃喃的像懇求似的說：

「叔叔，這數目太大了……我實在沒有……」

「那不必客氣，阿嫂有多少錢，這裡全縣的人都知道的。捐得少了，豈止說出去不好聽，恐怕區長縣長都會生氣哩！……這數目實在也不多，這次請給我一個面子吧，我們總是幫來幫去的——啊，阿嫂嫌多了，就請湊兩百元，那一百元我再到別處去設法，過了端節，我代你付給阿英一百元就是……這是最少的數目了，你不能少的，阿嫂，再也不能少了……」

貴生鄉長停頓了一下，見美生嫂說不出話來，他又重複的像是命令像是請求的說：

「不能少，阿嫂，你不能少了！」

「叔叔……」

「上面不會答應的呀！」貴生鄉長不待她說下去，立刻帶著命令和埋怨的口氣說。

「唉……」美生嫂嘆著氣眼眶裡隱藏了眼淚。

「我們是自己人，阿嫂，」貴生鄉長又把話軟了下來，「我知道阿嫂的苦處，美生哥這麼早過了世，侄子們還正年少，錢是頂要緊的，所以只捐這一點，要是別個當鄉長，恐怕會硬派你一千元呢。」

「我好命苦呵，這麼早就……」美生嫂給他的話觸動了傷處，哽咽地說，眼淚流了下來。

「那也不必，侄子們再過幾年就大了，一準比爹會賺錢……喔，阿英那裡的價錢，我給你去辦交涉，我做中人再好沒有了，」貴生鄉長得意地安慰她說。「阿嫂在這裡出了捐錢，我給你在那裡壓低價錢，準定叫你不吃虧，你看著吧！」

美生嫂痛苦地用手絹掩著潤溼的眼睛，一句話也不說。她明白貴生鄉長每一句話的用意，恨不得站起來打他幾個耳光，但她沒有勇氣。她不相信那是什麼航空捐，她知道這只是借名目飽私囊——明敲她的竹槓！而區是不能不拿出來的了。她只得咬著牙齒，勉強地裝出笑臉說：

「就依叔叔的話……以後也不必還了……」她想，還是索性做個人情，反正是決沒有歸還的希望的。

她站起來走到了另外一間房子去。

「那不必，那不必，房子，我會給弄好的。」貴生鄉長滿肚歡喜的說。

他聽見房子裡抽屜聲，鑰匙聲，箱子聲先後響了起來，中間似乎還夾雜著嘆息聲，啜泣聲。

過了許久，美生嫂強裝著笑臉，走了出來，捧著一包紙票，放在貴生鄉長的面前，苦笑著嘲噓似的說：

「只有這麼一點點呢，叔叔……」

「呵呵呵，真難得……」他連忙點了一點數目，站起身來。「再會，再會！」他冷然地驕傲地走了，頭也不回，彷彿生了氣的樣子。

「好不容易。這女人……」他一路想著，跨出了大門，不再理會美生嫂在後面說著「慢走呵，叔叔」的一套話。

「這簡直像是逼債！」美生嫂痛恨地磨著牙齒，自言自語的說。「我前生欠了他什麼債呀！……」

她禁不住心中酸苦，退到床上，痛哭了起來。

第二天中午，阿英哥急忙地高興地從陳家村跑到來聽回音的時候，美生嫂剛從床上起來。

阿英哥想，這事情是一定成功的，這屋子給她住，沒有一樣不合宜。至於價錢，端陽節快到了，無論她出多少，他都願意，橫直此外也找不到別的主顧。

「阿嫂，我特來聽消息，我想你一定可以幫我的忙哩。」他一進門就這麼說。

美生嫂浮腫著臉，一時不曉得怎麼回答，她哭了一夜全沒有想到見了他怎樣說，卻不防他很快的就來了。

「喔，」她吸著聲音說，臉色有點蒼白。她想告訴他不買了，卻說不出理由來，她不能對他說沒有錢。但她皺了一下眉頭，立刻有了回答的話。於是她苦笑地說：

「叔叔，我已經想過了，那房子的確再合宜也沒有了……但是，我們總得都有一個中人，才好說話呢。……我已請了鄉長做中人，你也去找一個中人吧……我們以後就請中人和中人去做買賣……」

「那自然，阿嫂不說，我倒忘記了，」阿英哥誠實的說，「這是老規矩，我就去找一個中人和鄉長接洽去……」

他說著，滿臉笑容的別了美生嫂走了。

他覺得他的買賣已經完全成功，端陽節已經安然度過了。

風箏

「五代李業於宮中作紙鳶，引線乘風為戲。後於鳶首以竹為笛，使風入竹，聲如箏鳴，故名風箏。」——《詢芻錄》。

但據我所知道，現在的風箏，或紙鳶，有些變化了。現在有許多不會鳴的風箏，不像鳶的紙鳶和不會鳴亦不像鳶而名為風箏或紙鳶的。此外還有一種特別的變化，如在寧波的風箏。

「風箏」和「紙鳶」這兩個名字，在寧波只有讀過書的人才懂得這是什麼東西，沒有讀過書的人，只曉得「鷂子」這一個名字。據說這是一個通俗的名字，除了寧波還有許多地方也是這樣喊的。其所以喊為「鷂子」的原因，是因鷂和鳶略同的緣故。寧波的鷂子除了不像鷂之外還變了一種極可怕的東西。如果孩子的鷂子落在誰的屋上，不僅鷂子要被踏得粉碎丟在糞缸裡，那屋裡的男男女女還要跑出來辱罵孩子，跑到孩子的父母那裡去吵鬧，要求擔保三年的太平，據說鷂子落在屋上，這屋子不久就要犯火災的。

這所以要犯火災的原因，寧波人似乎都還不知道。我個人因通俗以鷂子喊紙鳶的事情卻生出了一個胡亂的類推，以為鷂子和老鴉也發生了什麼關係。

老鴉與烏老鴉還有很大的分別，但牠們與火災的關係都極為密切。老鴉在白天叫，不一定是發生火災的預兆，也可以作為一切大小禍事的預兆，如口角、疾病、死亡等等。白天，寧波人一聽見遠處的一聲老鴉叫，他們便要喊三聲，「呸！出氣娘好！」（這「出氣娘好」四字也許還沒有寫錯，因為這句話平常用為「出氣」的居多。例如誰的屁股或那裡忽然痛了起來，動彈不得的時候，寧波人叫做中了「齷齪氣」，意即鬼氣。便立刻吐了幾滴唾沫在手心上，響了一聲「呸！」忙把手心往痛的地方打去，一面說「出氣娘好！」這樣的三次，齷齪氣便被趕出去，他就好了。所謂「娘」，是說鬼是他的兒子，蔑視鬼也。）老鴉若在夜裡叫，那便必是火災的預兆。誰聽見了，誰就必須立刻（必須立刻，第二天便無效）起來喊鄰居，告訴他剛才老鴉叫過了。這叫做「喊破」，老鴉的叫被喊破以後便不能成為火災的預兆。若是誰聽見了，怕冷或貪睡不起來喊破，數日後，遠近必有一次火災。這火災的地方雖然並不一定在聽見老鴉叫的人的地方，但人人畢竟怕這災禍不幸的落到自己的頭上。至於烏老鴉的叫，那便大不同了。冬天滿田滿天的烏老鴉，任牠們叫幾千聲幾萬聲都不要緊。在他們的眼光中這並不是一種不祥之鳥。不過火災時紛紛四飛的火星，他們都叫做「烏老鴉」，像這種烏老鴉確也極使他們恐怖。

我回想到自己幼時的幾種遊戲，覺得有許多也還滿足。例如看見搖船的不在船上，船又沒有載著什麼的時候，跳下去把它蕩到河的中心去，在他人的眼中原是最下等最頑劣的孩子的遊戲，我卻也背著母親學會了。因此三年前在玄武湖中得到了許多的興趣，僱船去游時可以不受船夫的掣肘，自由自在的蕩到太平洋（我們給湖中最寬闊的地方起了這一個名字）中去洗腳。但想起來其中有兩件最使我悵惘的是游泳和放風箏。母親對於這兩種事情防範我最嚴。她不準我游泳的原因除了赤著屁股在河裡浮著是不體面之外，最重要的自然是怕我溺死了。我好幾次偷偷的去學——後來已經能夠把下顎扣在褲做的球上游一丈遠——差不多都被她發覺了。她不說要我上來，但拿著一根又長又粗的晒衣用的竹竿，說是要把我按到河底去。這樣，我便終於沒有學會。至於放風箏，不用說是更其困難了。這是關係於許多人的禍福的事情。但是大人們儘管禁止，每年冬天和春天田野中總還有大人們所謂頑童的在那裡偷著放。自然，我也是極願意加入這一黨的。但是這遊戲太不容易了。不僅自己沒有錢，就有錢也沒地方去買。自己偷偷的做了幾次，不是被母親發覺就是做得不靈。而其中尤感覺難辦的是線。母親用的都是短短的一根一根的線，沒有極長的線。若是偷了去，一則容易發覺，怕屁股熬不得痛，二則一根一根結起來不靈活，所以沒有法子想，我就只有跑去呆子似的仰著頭看人家的風箏。若是那個放風箏的是我的熟人，他的風箏落下了，我便自告奮勇的跑去幫他拾。他要放時，我便遠遠的捧著風箏給他送了上去。這樣我就非常的喜歡。但尤其滿足的是千求萬求的才允許了我在幾分鐘內拉著空中飛舞著的風箏的線。

三星期前的有一天下午，看見窗外大杞樹的飄動，我忽然又想到風箏了。我急切的想做一個放。我忙把這個意思告訴唐珊和靜弟。唐珊告訴我，湘鄉的風俗和寧波的差不多，風箏落在屋上也是火災的預兆。但是她又說我不妨做一個放，這裡屋子非常的稀少，不至於落在屋上；靜弟的母親不信從這種風俗，也不會來阻擋我。於是她便為我尋線，我和靜弟動手做風箏了。靜弟向來沒有做過，我也只會做瓦片風箏。這雖然不好看而且不會嗚，但是我想只要放得高倒也罷了。不一會，風箏成功了。這確像一塊瓦片，背脊凸著，只是下面拖了一根長長的草尾巴。我知道這尾巴是最關緊要的，起首不敢怎樣的放線，只試驗尾巴的輕重，但是，把尾巴的重量增而又減，減而又增，總是放不高，不是翻筋斗，便是不肯上去，任憑我怎樣的拉著線跑。這樣的天就黑了。第二天，我注意到風箏背上的那三根引線，怕有太長或太短的毛病，改長改短的又試放了半天。結果還是放不高，而且有一半落在水田裡。

第三天沒有進步，第四第五天沒有風。第六天覺得平地上的風太小，跑到山頂上去放，但是依然覺得太小了。有一天，風可大了，但是我拿出去試覺得又太大了。這樣，我只有懊惱著把風箏高高的掛在壁上了。「我為什麼和風箏這樣的無緣呢？」我絕望後這樣的想。「難道是因為我自己太重了拖住了它嗎？」於是我感到自己的身體的確重了，年紀的確大了。我覺得我是一個不幸的人。

「在貴州」，靜弟的媽媽——她是貴州人——告訴我說，「放風箏是非常熱鬧的。大大小小的鋪子幾乎沒有一家不賣風箏。那風箏不像你做的那樣不好看。那裡的風箏有像鳥的，有像魚的，有像蟲的，有像獸的，有像人的——幾乎無奇不有。那裡沒有像寧波和湘鄉這種迷信。他們不僅不把風箏當做不祥的東西，他們遇到人家的風箏的線在他們屋上不高的時候他們還要用一根拴著石子的線丟上去把風箏的線鉤了下來搶風箏。在自己屋上搶風箏，是作興搶的，只要你有本領。有些人故意把自己的線割斷了，讓風箏飄去。有些人在一個大風箏——有時大的像八仙桌那樣大——上繫兩、三個小風箏。有些人在夜裡放風箏，在風箏上繫了一串鞭炮，鞭炮的引線上接著一根紙煤（即捲紙引火的那種東西），紙煤的一端點了火，待風箏放高了，紙煤便漸漸燃到鞭炮的引線上，鞭炮便在黑暗的半空中劈劈啪啪的響了起來，火光四散的飛走，隨後風箏失了相當的重量便幾個筋斗翻了下來。男男女女大大小小在清明前後幾乎都帶了風箏拜墳去。他們請死者吃過了羹飯，便在墳邊堆起了石頭，擺上鍋子——煮飯菜的器具都帶了去的——將飯菜燒熱了，大家在地上坐著吃。吃完了暫時不回家，便在那裡放風箏。有一次，一個衙門裡的少爺竟做了一個非常好看的大蜈蚣，上面繫著響鈴，據說是花了幾元錢定做的，因為風箏重，線便粗了許多，放線的時候手拿著要出血，便用毛巾裹了手。就在這一次，他把線割斷了，讓蜈蚣自己飛去。還有最令人發笑的是，有些人放馬桶風箏，飛在半空裡搖搖擺擺的確乎像一隻真馬桶。」靜弟的媽媽講到這裡，聽的人都大笑起來了。

於是我想：「這馬桶風箏如果落在寧波人的屋上，在火災之前，怕不是先有一場極大的災禍嗎？」

我覺得風箏也如人似的，有幸與不幸。

父親的玳瑁

在牆腳跟刷然溜過的那黑貓的影，又觸動了我對於父親的玳瑁的懷念。淨潔的白毛的中間，夾雜些淡黃的雲霞似的柔毛，恰如透明的婦人的玳瑁首飾的那種貓兒，是被稱為「玳瑁貓」的。我們家裡的貓兒正是那一類，父親就給了牠「玳瑁」這個名字。

在近來的這一匹玳瑁之前，我們還曾有過另外的一匹。牠有著同樣的顏色，得到了同樣的名字，同是從我姊姊家裡帶來，一樣地為我們所愛。但那是我不幸的妹妹的玳瑁，牠曾經和她盤桓了十二年的歲月。而現在的這一匹，是屬於父親的。

牠什麼時候來到我們家裡，我不很清楚，據說大約已有三年光景了。父親給我的信，從來不曾提過牠。在他的理智中，彷彿以為玳瑁畢竟是一匹小小的獸，比不上任何的家事，足以通知我似的。

但當我去年回到家裡的時候，我看到了父親和玳瑁的感情了。每當廚房的碗筷一搬動，父親在後房餐桌邊坐下的時候，玳瑁便在門外「咪咪」的叫了起來。這叫聲是只有兩、三聲，從不多叫的。牠彷彿在問父親，可不可以進來似的。

於是父親就說了，完全像對什麼人說話一樣：「玳瑁，這裡來！」

我初到的幾天，家裡突然增多了四個人，在玳瑁似乎感覺到熱鬧與生疏的恐懼，常不肯即刻進來。

「來吧，玳瑁！」父親望著門外，不見牠進來，又說了。但是玳瑁只回答了兩聲「咪咪」仍在門外徘徊著。

「小孩一樣，看見生疏的人，就怕進來了。」父親笑著對我們說。但是過了一會，玳瑁在大家的不注意中，已經躍上了父親的膝上。

「哪，在這裡了。」父親說。

我們彎過頭去看，牠伏在父親的膝上，睜著略帶懼怯的眼望著我們，彷彿預備逃遁似的。

父親立刻理會牠的感覺，用手撫摩著牠的頸背，說：「困吧，玳瑁。」一面他又轉過來對我們說：「不要多看牠，牠像姑娘一樣的呢。」

我們吃著飯，玳瑁從不跳到桌上來，只是靜靜地伏在父親的膝上。有時魚腥的氣息引誘了牠，牠便偶爾伸出半個頭來望了一望，又立刻縮了回去。牠的腳不肯觸著桌。這是牠的規矩，父親告訴我們說，向來是這樣的。父親吃完飯，站起來的時候，玳瑁便先走出門外去。牠知道父親要到廚房裡去給牠預備飯了。那是真的，父親從來不曾忘記過，他自己一吃完飯，便去添飯給玳瑁的。玳瑁的飯每次都有魚或魚湯拌著。父親自己這幾年來對於魚的滋味據說有點厭，但即使自己不吃，他總是每次上街去，給玳瑁帶了一些魚來，而且給牠儲存著的。

白天，玳瑁常在儲藏東西的樓上，不常到樓下的房子裡來。但每當父親有什麼事情將要出去的時候，玳瑁像是在樓上看著的樣子，便溜到父親的身邊，繞著父親的腳轉了幾下，一直跟父親到門邊。父親回來的時候，牠又像是在什麼地方遠遠望著，靜靜地傾聽著的樣子，待父親一跨進門限，牠又在父親的腳邊了。牠並不時時刻刻跟著父親，但父親的一舉一動，父親的進出，牠似乎時刻在那裡留心著。

晚上，玳瑁睡在父親的腳後的被上，陪伴著父親。

我們回家後，父親換了一個寢室。他現在睡到弄堂門外一間從來沒有人去的房子裡了。

玳瑁有兩夜沒有找到父親，只在原地方走著，叫著。牠第一夜跳到父親的床上，發現睡著的是我們，便立刻跳了出去。

正是很冷的天氣。父親惦唸著玳瑁夜裡受冷，說牠恐怕不會想到他會搬到那樣冷落的地方去的，而且晚上弄堂門又關得很早。

但是第三天的夜裡，父親一覺醒來，玳瑁已在床上睡著了，靜靜的，「咕咕」唸著貓經。

半個月後，玳瑁對我也漸漸熟了。牠不復躲避我。當牠在父親身邊的時候，我伸出手去，輕輕撫摩著牠的頸背。牠伏著不動。然而牠從不自己走近我。我叫牠，牠仍不來。就是母親，她是永久和父親在一起的，牠也不肯走近她。父親呢，只要叫一聲「玳瑁」，甚至咳嗽一聲，牠便不曉得從什麼地方溜出來了，而且繞著父親的腳。

有兩次玳瑁到鄰居家去遊走，忘記了吃飯。我們大家叫著「玳瑁玳瑁」，東西尋找著，不見牠回來。父親卻猜到牠那裡去了。他拿著玳瑁的飯碗走出門外，用筷子敲著，只喊了兩聲「玳瑁」，玳瑁便從很遠的鄰屋上走來了。「你的聲音像特別不同似的，」母親對父親說，「只消叫兩聲，又不大，牠便老遠的聽見了。」

「是哪，牠只聽我管的哩。」

對於寂寞地度著殘年的老人，玳瑁所給與的是兒子和孫子的安慰，我覺得。

六月四日的早晨，我帶著顫慄的心重到家裡，父親只躺在床上遠遠地望了我一下，便疲倦地合上了眼皮。我悲苦地牽著他的手在我的面上撫摩。他的手已經有點生硬，不復像往日柔和地撫摩玳瑁的頸背那麼自然。據說在頭一天的下午，玳瑁曾經跳上他的身邊，悲鳴著，父親還很白然的撫摩著牠親密地叫著「玳瑁」。而我呢，已經遲了。

從這一天起，玳瑁便不再走進父親的以及和父親相連的我們的房子。我們有好幾天沒有看見玳瑁的影子。我代替了父親的工作，給玳瑁在廚房裡備好魚拌的飯，敲著碗，叫著「玳瑁」。玳瑁沒有回答，也不出來。母親說，這幾天家裡人多，鬧得很，牠該是躲在樓上怕出來的。於是我把飯碗一直送到樓上。然而玳瑁仍沒有影子。過了一天，碗裡的飯照樣地擺在樓上，只飯粒乾癟了一些。

玳瑁正懷著孕，需要好的滋養。一想到這，大家更其焦慮了。

第五天早晨，母親才發現給玳瑁在廚房預備著的另一隻飯碗裡的飯略略少了一些。大約牠在沒有人的夜裡走進了廚房。牠應該是非常飢餓了。然而仍像吃不下的樣子。

一星期後，家裡的親友漸漸少了。玳瑁仍不大肯露面。無論誰叫牠，都不答應，偶然在樓梯上溜過的後影，顯得憔悴而且瘦削，連那懷著孕的肚子也好像小了一些似的。

一天一天家裡愈加冷靜了。滿屋裡主宰著靜默的悲哀。一到晚上，人還沒有睡，老鼠便吱吱叫著活動起來，甚至我們房間的樓上也在叫著跑著。玳瑁是最會捕鼠的。當去年我們回家的時候，即使牠跟著父親睡在遠一點的地方，我們的房間裡從沒有聽見過老鼠的聲音，但現在玳瑁就睡在隔壁的樓上，也不過問了。我們毫不埋怨牠。我們知道牠所以這樣的原因。

可憐的玳瑁。牠不能再聽到那熟識的親密的聲音，不能再得到那慈愛的撫摩，牠是在怎樣的悲傷呵！

三星期後，我們全家要離開故鄉。大家預先就在商量，怎樣把玳瑁帶出來。但是離開預定的日子前一星期，玳瑁生了小孩了。我們看見牠的肚子鬆癟著。

怎樣可以把牠帶出來呢？

然而為了玳瑁，我們還是不能不帶牠出來。我們家裡的門將要全鎖上。鄰居們不會像我們似的愛牠，而且大家全吃著素菜，不會捨得買魚飼牠。單看玳瑁的脾氣，連對於母親也是冷淡淡的，絕不會喜歡別的鄰居。

我們還是決定帶牠一道來上海。

牠生了幾個小孩，什麼樣子，放在哪裡，我們雖然極想知道，卻不敢去驚動玳瑁。我們預定在飼玳瑁的時候，先捉到牠，然後再尋覓牠的小孩。因為這幾天來，玳瑁在吃飯的時候，已經不大避人，捉到牠應該是容易的。但是兩天後，我們十幾歲的外甥遏抑不住他的熱情了。不知怎樣，玳瑁的孩子們所在的地方先被他很容易的發見了。牠們原來就在樓梯門口，一隻半掩著的糠箱裡。玳瑁和牠的小孩們就住在這裡，是誰也想不到的。外甥很喜歡，叫大家去看。玳瑁已經溜得遠遠的在懼怯地望著。

我們想，既然玳瑁已經知道我們發覺了牠的小孩的住所，不如便先把牠的小孩看守起來，因為這樣，也可以引誘玳瑁的來到，否則牠會把小孩銜到更沒有人曉得的地方去的。

於是我們便做了一個更安適的窠，給牠的小孩們，攜進了以前父親的寢室，而且就在父親的床邊。

那裡是四個小孩，白的，黑的，黃的，玳瑁的，都還沒有睜開眼睛。貼著壓著，鑽做一團，肥圓的。捉到牠們的時候，偶然發出微弱的老鼠似的吱吱的鳴聲。

「生了幾隻呀？」母親問著。

「四隻。」

「嗨，四隻！怪不得！扛了你父親的棺材，不要再扛我的呢！」母親嘆息著，不快活的說。

大家聽著這話，楞住了。

「把牠們丟出去！」外甥叫著說，但他同時卻又喜悅地撫摩著玳瑁的小孩們，捨不得走開。

玳瑁現在在樓上尋覓了，牠大聲的叫著。

「玳瑁，這裡來，在這裡，」我們學著父親彷彿對人說話似的叫著玳瑁說。

但是玳瑁象只懂得父親的話，不能了解我們說什麼。牠在樓上尋覓著，在弄堂裡尋覓著，在廚房裡尋覓著，可不走進以前父親天天夜裡帶著牠睡覺的房子。我們有時故意作弄牠的小孩們，使牠們發出微弱的鳴聲。玳瑁仍像沒有聽見似的。

過了一會，玳瑁給我們女工捉住了。牠似乎餓了，走到廚房去吃飯，卻不防給她一手捉住了頸背的皮。

「快來！快來！捉住了！」她大聲叫著。

我扯了早已預備好的繩圈，跑出去。

玳瑁大聲的叫著，用力的掙扎著。待至我伸出手去，還沒抱住玳瑁，女工的手一鬆，玳瑁溜走了。

牠再不到廚房裡去，只在樓上叫著，尋覓著。

幾點鐘後，我們只得把玳瑁的小孩們送回樓上。牠們顯然也和玳瑁似的在忍受著飢餓和痛苦。

玳瑁又靜默了，不到十分鐘，我們已看不見牠的小孩們的影子。現在可不必再費氣力，誰也不會知道牠們的所在。

有一天一夜，玳瑁沒有動過廚房裡的飯。以後幾天，牠也只在夜裡，待大家睡了以後到廚房裡去。

我們還想設法帶玳瑁出來，但是母親說：

「隨牠去吧，這樣有靈性的貓，哪裡會不曉得我們要離開這裡。要出去自然不會躲開的。你們看牠，父親過世以後，再也不忍走進那兩間房裡，並且幾天沒有吃飯，明明在非常的傷心。現在怕是還想在這裡陪伴你們父親的靈魂呢。牠原是你父親的。」

我們只好隨玳瑁自己了。牠顯然比我們還捨不得父親，捨不得父親所住過的房子，走過的路以及手所撫摸過的一切。父親的聲音，父親的形象，父親的氣息，應該都還很深刻地縈繞在牠的腦中。

可憐的玳瑁，牠比我們還愛父親！

然而玳瑁也太悽慘了。以後還有誰再像父親似的按時給牠好的食物，而且慈愛地撫摩著牠，像對人說話似的一聲聲地叫牠呢？離家的那天早晨，母親曾給牠留下了許多給孩子吃的稀飯在廚房裡。門雖然鎖著，玳瑁應該仍然曉得走進去。鄰居們也曾答應代我們給牠飼料。然而又怎能和父親在的時候相比呢？

現在距我們離家的時候又已一月多了。玳瑁應該很健康著，牠的小孩們也該是很活潑可愛了吧？

我希望能再見到和父親的靈魂永久同在著的玳瑁。

許是不至於罷

一

有誰願意知道王阿虞財主的情形嗎？——請聽鄉下老婆婆的話：

「啊唷，阿毛，王阿虞的家產足有二十萬了！王家橋河東的那所住屋真好呵！圍牆又高屋又大，東邊軒子，西邊軒子，前進後進，前院後院，前樓後樓，前街後街密密的連著，數不清有幾間房子！左彎右彎，前轉後轉，像我這樣隼紀的老大婆走進去了，還能鑽得出來嗎？這所屋真好，阿毛！他屋裡的椽子板壁不像我們的椽子板壁，他的椽子板壁都是紅油油得血紅的！石板不像我們這裡的高高低低，屋柱要比我們的大一倍！屋簷非常闊，雨天來去不會淋到雨！每一間房裡都有一個自鳴鐘，桌子椅子是花梨木做的多，上面都罩著絨的布！這樣的房子，我不想多，只要你能造三五間給我做婆婆的住一住，阿毛，我也就心滿意足了。……

「他的錢哪裡來的呢？這自然是運氣好，開店賺出來的！你看，他現在在小碶頭開了幾間店：一家米店，一家木行，一家磚瓦店，一家磚瓦廠。除了這自己開的幾間店外，小碶頭的幾間大店，如可富綢緞店，開成南貨店，新時昌醬油店都有他的股份。——新開張的仁生堂藥店，文記紙號，一定也有他的股份！這間店年年賺錢，去年更好，聽說賺了二萬，——有些人說是五萬！他店裡的夥計都有六十元以上的花紅，沒有一個不眉笑目舞，一個姓陳的學徒，也分到五十元！今年許多大老闆紛紛向王阿虞薦人，上等的職司插不進，都要薦學徒給他。隔壁阿蘭嫂是他嫡堂的嫂嫂，要薦一個表侄去做他店裡的學徒，說是只肯答應她『下年』呢！啊，阿毛，你若是早幾年在他店裡做學徒，現在也可以賺大銅錢了！小碶頭離家又近，一杯熱茶時辰就可走到，哪一天我要斷氣了，你還可以奔了來送終！……

「『錢可通神』，是的確的，阿毛，王阿虞沒有讀過幾年書，他能不能寫信還說不定，一班有名的讀書人卻和他要好起來了！例如小碶頭的自治會長周伯謀，從前在縣衙門做過師爺的顧阿林那些人，不是容易奉承得上的。你將來若是也能發財，阿毛，這些人和你相交起來，我做婆婆的也可以揚眉吐氣，不會再像現在的被人家欺侮了！……」

二

歡樂把微笑送到財主王阿虞的唇邊，使他的腦中湧出無邊的滿足：

「難道二十萬的家產還說少嗎？一縣能有幾個二十萬的財主？哈哈！丁旺，財旺，是最要緊的事情，我，都有了！四個兒子雖不算多，卻也不算少。假若他們將來也像我這樣的不會生兒子，四四也有十六個！十六再用四乘，我便有六十四個的曾孫子！四六二百四十，四四十六，二百四十加十六，我有二百五十六個玄孫！哈哈哈！……玄孫自然不是我可以看見的，曾孫，卻有點說不定。像現在這樣的鮮健，誰能說我不能活到八、九十歲呢？其實沒有看見曾孫也並沒有什麼要緊，能夠看見這四個兒子通通有了一個、二個的小孩也算好福氣了。哈哈，現在大兒子已有一個小孩，二媳婦懷了妊，過幾天可以娶來的三媳婦如果再生得早，二年後娶四媳婦，三年後四個兒子便都有孩子了！哈哈，這有什麼難嗎？……

「有了錢，做人真容易！從前阿姆對我說，她窮的時候受盡人家多少欺侮，一舉一動不容說都須十分的小心，就是在自己的屋內和自己的人講話也不能過於隨便！我現在走出去，誰不嘻嘻的喊我『阿叔』、『阿伯』？非常恭敬的對著我？許多的糾紛爭鬥，沒有價值的人去說得喉嚨破也不能排解，我走去只說一句話便可了事！哈哈！……

「王家橋借錢的人這樣多，真弄得我為難！真是窮的倒也罷了，無奈他們借了錢多是吃得好好，穿得好好的去假充闊老！也罷，這畢竟是少數，又是自己族內人，我不妨手頭寬鬆一點，同他們發生一點好感。……

「哈哈，三兒的婚期近了，二十五，初五，初十，只有十五天了！忙是要一天比一天忙了，但是現在已經可以說都已預備齊全。新床，新櫥，新桌，新凳，四個月前都已漆好，房子裡面的一切東西，前天亦已擺放的妥貼，各種事情都有人來代我排布，我只要稍微指點一下就夠了。三兒，他做我的兒子真快活，不要他擔，不要他扛，只要到了時辰拖著長袍拜堂！哈哈！……」

突然，財主臉上的笑容隱沒了。憂慮帶著皺紋侵占到他的眉旁，使他的腦中充滿了雷雨期中的黑雲：

「上海還正在開戰，從衢州退到寧波的軍隊說是要獨立，不管他誰勝誰輸，都是不得了的事！敗兵，土匪，加上鄉間的流氓！無論他文來武來，架我，架妻子，架兒子或媳婦，這二十萬的家產總要弄得一禿精光的了！咳咳！……命，而且性命有沒有還難預料！如果他捉住我，要一萬就給他一萬，要十萬就給他十萬，他肯放我倒也還好，只怕那種人殺人慣了沒有良心，拿到錢就是砰的一槍怎麼辦？……哦，不要緊！躲到警察所去，聽到風頭不好便早一天去躲著！——啊呀，不好！擾亂的時候，警察變了強盜怎麼辦？……寧波的銀行裡去？——銀行更要被搶！上海的租界去？路上不太平！……呵，怎麼辦呢？——或者，菩薩會保佑我的？……」

三

九月初十的吉期差三天了，財主的大屋門口來去進出的人如鱗一般的多，如梭一般的忙。大屋內的各處柱上都貼著紅的對聯，有幾間門旁貼著「局房」、「庫房」等等的紅條，院子的上面，搭著雪白的帳篷、篷的下面結著紅色的綵球。玻璃的花燈，分出許多大小方圓的種類，掛滿了堂內堂外，軒內軒外，以及走廊等處。凡是財主的親戚都已先後於吉期一星期前全家老小的來了。幫忙時幫忙，沒有忙可幫時他們便湊上四人這裡一桌，那裡一桌的打牌。全屋如要崩倒似的噪鬧，清靜連在夜深也不敢來窺視了。

財主的心中深深的藏著隱憂，臉上裝出微笑。他在喧譁中不時沉思著。所有的嫁妝已破例的於一星期前分三次用船祕密接來，這一層可以不必擔憂。現在只怕人手繁雜，盜賊混人和花轎抬到半途，新娘子被土匪劫去。上海戰爭得這樣厲害，寧波獨立的風聲又緊，前幾天鎮海關外都說有四支兵艦示威。那裡的人每天有不少搬到鄉間來。但是這裡的鄉間比不來別處，這裡離鎮海只有二十四里！如果海軍在柴橋上陸去柑寧波或鎮海之背，那這裡便要變成戰場了！

吉期越近，財主的心越慌了。他叮囑總管一切簡省，不要力求熱鬧。從小碶頭，他又借來了幾個警察。他在白天假裝著鎮靜，在夜裡睡不熟覺。別人嘴裡雖說他眼腫是因為忙碌的緣故，其實心裡何嘗不曉得他是為的擔憂。

遠近的賀禮大半都於前一天送來。許多賀客因為他是財主，恐怕賀禮過輕了難看，都加倍的送。例如划船的阿本，他也借湊了一點去送了四角。

王家橋雖然是在山內，人家喊它為「鄉下」，可是人煙稠密得像一個小鎮。幾條大小路多在屋口裡穿過。如果細細的計算一下，至少也有五、六百人家。（他們都是一些善人，男女老幼在百忙中也念「阿彌陀佛」。）這裡面，沒有送賀禮的大約還沒有五十家，他們都想和財主要好。

吉期前一天晚上，喜筵開始了。這一餐叫做「殺豬飯」，因為第二日五更敬神的豬羊須在那晚殺好。照規矩，這一餐是只給自己最親的族內和辦事人吃的，但是因為財主有錢，菜又好，桌數又備得多，遠近的人多來吃了。

在那晚，財主的耳膜快被「恭喜」撞破了，雖然他還不大出去招呼！

第二天，財主的心的負擔更沉重了。他夜裡做了一個惡夢：一個穿緞袍的不相識的先生坐著轎子來會他。他一走出去那個不相識者便和轎夫把他拖人轎內，飛也似的抬著他走了。他知道這就是所謂土匪架人，他又知道，他是做不得聲的，他只在轎內縮做一團的坐著。跑了一會，彷彿跑到山上了。那上匪仍不肯放，只是滿山的亂跑。他知道這是要混亂追者的眼目，使他們找不到盜窟。忽然，轎子在岩石上一撞，他和轎子就從山上滾了下去……他醒了。一他醒來不久，大約五更，便起來穿戴著帶了兒子拜祖先了。他非常誠心的懇切的——甚至眼淚往肚裡流了——祈求祖先保他平安。他多拜了八拜。

早上的一餐酒席叫「享先飯」，也是只給最親的族內人和辦事人吃的，這一餐沒有外客來吃。

中午的一餐是「正席」，遠近的賀客都紛紛於十一時前來到了。花轎已於九時前抬去接新娘子，財主暗地裡捏著一把汗。賀客塡滿了這樣大的一所屋子，他不敢在人群中多坐多立。十一點多，正席開始了。近處住著的人家聽見大屋內在奏樂，許多小孩子多從隔河的跑了過去，或在隔河的望著。有幾家婦女可以在屋上望見大屋的便預備了一個梯子，不時的爬上去望一望，把自己的男孩子放到屋上去，自己和女孩站在梯子上。他們都知道花轎將於散席前來到，她們又相信財主家的花轎和別人家的不同，財主家的新娘子的鋪陳比別人家的多，財主家的一切花樣和別人家的不同，所以她們必須擴一擴眼界。

喜酒開始了一會，財主走了出來向大眾道謝，賀客們都站了起來：對他恭喜，而且扯著他要他喝敬酒。——這裡面最殷勤的是他的本村人。——他推辭不掉，便高聲的對大眾說：「我不會喝酒，但是諸位先生的盛意使我不敢因拒，我只好對大家喝三杯了！」於是他滿滿的喝了三杯，走了。

賀客們都非常的高興，大聲的在那裡猜拳，行令，他們看見財主便是羨慕他的福氣，尊敬他的忠實，和氣。王家橋的賀客們，臉上都露出一種驕傲似的光榮，他們不時的稱讚財主，又不時驕傲的說，王家橋有了這樣的一個財主。他們提到財主，便在「財主」上加上「我們的」三字，「我們的財主！」表示財主是他們王家橋的人！

但是憂慮鎖住了財主的心，不讓它和外面的喜氣稍稍接觸一下。他擔憂著路上的花轎，他時時刻刻看壁上的鐘，而且不時的問總管先生轎子快到了沒有。十一點四十分，五十分，十二點，鐘上的指針迅速的移了過去，財主的心愈加慌了。他不敢把自己所憂慮的事情和一個親信的人講，他恐怕自己的憂慮是空的，而且出了口反不利。

十二點半，婦人和孩子們散席了，花轎還沒有來。賀客們都說這次的花轎算是到得遲了，一些老婆婆不喜歡看新娘子，手中提了一包花生，橘子。蛋片，肉圓等物先走了。孩子們都在大門外遊戲，花轎來時他們便可以先望到。

十二點五十五分了；花轎還沒有來！財主問花轎的次數更多了，「為什麼還不到呢？為什麼呢？」他微露焦急的樣子不時的說。

鐘聲突然敲了一下。

長針迅速的移到了一點十五分。賀客通通散了席，紛紛的走了許多。

他想派一個人去看一看，但是他不敢出口。

壁上時鐘的長針尖直指地上了，花轎仍然沒有來。

「今天的花轎真遲！」辦事人都心焦起來。

長針到了四十分。

財主的心突突的跳著：搶有錢人家的新娘子去，從前不是沒有聽見過。

忽然，他聽見一陣喧譁聲，——他突然站了起來。

「花轎到了！花轎到了！」他聽見門外的孩子們大聲的喊著。

於是微笑飛到了他的臉上，他的心的重擔除掉了。

「門外放了三個大紙炮，無數的鞭炮，花轎便進了門。

站在梯子上的婦女和在別處看望著的人都看見抬進大門的只有一頂顏色不鮮明

的，形式不時新的舊花轎，沒有鋪陳，也沒有吹手，花轎前只有兩盞大燈籠。於是他們都明白了財主的用意，記起了幾天前晚上在大屋的河邊繫著的幾隻有篷的大船，他們都佩服財主的措施。

四

是黑暗的世界。風在四處巡遊，低聲的打著呼哨。屋子懼怯的屏了息，斂了太陽能著。岸上的樹顫慄著，不時發出低微的淒涼的嘆息；河中的水慌張的擁擠著，帶著一種幾乎聽不見的嗚咽。一切，地球上的一切彷彿往下的，往下的沉了下去。……

突然一種慌亂的鑼聲被風吹遍了村上的各處，驚醒了人們的歡樂的夢，憂鬱的夢，悲哀的夢，駭怖的夢，以及一切的夢。

王家橋的人都在朦朧中驚愕的翻起身來。

「亂鑼！火！火！……」

「是什麼銅鑼？大的，小的？」

「大的！是住家銅鑼！火在屋前屋後！水龍銅鑼還沒有敲！——快！」

王家橋的人慌張的起了床，他們都怕火在自己的屋前屋後。一些婦女孩子帶了未盡的夢，瘋子似的從床上跳了下來，發著抖，衣服也不穿。他們開了門出去四面的望屋前屋後的紅光。——但是沒有，沒有紅光！屋上的天墨一般的黑。

細聽聲音，他們知道是在財主王阿虞屋的那一帶。但是那邊也沒有紅光。自然，這不是更鑼，不是喜鑼，也不是喪鑼，一聽了接連而慌張的鑼聲，王家橋的三歲小孩也知道。

他們連忙倒退轉來，關上了門。在房內，他們屏息的聽著。

「這鑼不是報火！」他們都曉得。「這一定是哪一家被搶劫！」並非報火報搶的鑼有大小的分別，或敲法的不同，這是經驗和揣想告訴他們的。他們看不見火光，聽不見大路上的腳步聲，也聽不見街上的水龍銅鑼來接。

那麼，到底是哪一家被搶呢？不消說他們立刻知道是財主王阿虞的家了。試想：有什麼愚蠢的強盜會不搶財主去搶窮主嗎？

「強盜是最貧苦的人，財主的錢給強盜搶些去是好的，」他們有這種思想嗎？沒有！他們恨強盜，他們怕強盜，一百個裡面九十九個半想要做財主。那麼他們為什麼不去驅逐強盜呢？甚至大家不集合起來大聲的恐嚇強盜呢？他們和財主有什麼冤恨嗎？沒有！他們尊敬財主，他們中有不必向財主借錢的人，也都和財主要好！他們只是保守著一個原則：「管自己！」

鑼聲約莫響了五分鐘之久停止了。

風在各處巡遊，路上靜靜的沒有一個人走動。屋中多透出幾許燈光，但是屋中人都像沉睡著的一般。

半點鐘之後，財主的屋門外有一盞燈籠，一個四、五十歲的木匠——他是財主最親的族內人——和一個相等年紀的粗做女工——她是財主屋旁的小屋中的鄰居——隔著門在問門內的管門人：

「去了嗎？」

「去了。」

「幾個人？」

「一個。是賊！」

「哦，哦！偷去什麼東西？」

「七、八隻皮箱。」

「貴重嗎?」

「還好。要你們半夜到這裡來,真真對不起!」

「笑話,笑話!明天再見罷!』

「對不起,對不起!」

這兩人回去之後,路上又沉寂了。數分鐘後,前後屋中的火光都消滅了。

於是黑暗又繼續的統治了這世界,風仍在四處獨自的巡遊,低聲的打著呼哨。

五

第二天,財主失竊後的第一天,曙光才從東邊射出來的時候,有許多人向財主的屋內先後的走了進去。

他們,都是財主的本村人,和財主很要好。他們痛恨盜賊,他們都代財主可惜,他們沒有吃過早飯僅僅的洗了臉便從財主的屋前屋後走了出來。他們這次去並不是想去吃財主的早飯，他們沒有這希望，他們是去「慰問」財主——僅僅的慰問一下。

「昨晚受驚了，阿哥。」

「沒有什麼。」財主泰然的回答說。

「這真真想不到！——我們昨夜以為是哪裡起了火，起來一看，四面沒有火光，過一會鑼也不敲了，我們猜想火沒有穿屋，當時救滅了，我們就睡了。……」

「哦，哦！……」財主笑著說。

「我們也是這樣想！」別一個人插入說。

「我們倒疑是搶劫，只是想不到是你的家裡……」又一個人說。

「是哪，銅鑼多敲幾下，我們也許聽清楚了。……」又一個人說。

「真是，——只敲一會兒。我們又都是朦朦朧朧的。」又一個人說。

「如果聽出是你家裡敲亂鑼，我們早就拿著扁擔、門閂來了。」又一個人說。

「哦，哦！哈哈！」財主笑著說，表示感謝的樣子。

「這還會不來！王家橋的男子又多！」又一個人說。

「我們也來的！」又是一個。

「自然，我們不會看著的！」又是一個。

「一、二十個強盜也抵不住我們許多人！」又是一個。

「只是夜深了，未免太對不住大家！——哦，昨夜也夠驚擾你們了，害得你們睡不熟，現在又要你們走過來，真真對不起！」財主對大眾道謝說。

「沒有什麼，沒有什麼！」大家都齊聲的回答。

「昨夜到底有幾個強盜？」一個人問。

「一個。不是強盜，是賊！」

「呀，還是賊嗎？偷去什麼？」

「偷去八隻皮箱。」

「是誰的？新娘子的？」

「不是。是老房的，我的先妻的。」

「貴重不貴重？」

「還好，只值一、二百元。」

「是怎樣走進來的，請你詳細講給我們聽聽。」

「好的，」於是財主便開始敘述昨夜的事情了。「半夜裡，我正睡得很熟的時候，我的妻子把我推醒了，她輕輕的說要我仔細聽。於是我聽見後房有腳步聲，移箱子聲。我怕，我不知道是賊，我總以為是強盜。我們兩人聽了許久不敢做聲，過了半點鐘，我聽見沒有撬門聲，知道並不想到我的房裡來，也不見有燈光，才猜到是賊，於是聽到賊拿東西出去時，我們立刻翻起身來，拿了床底下的銅鑼，狠命的敲，一面緊緊的推著房門。這樣，屋內的人都起來了，賊也走了。賊是用竹竿爬進來的，這竹竿還在院子內。大約他進了牆，便把東邊的門開開，又把園內的籬笆門開開，留好了出路。他起初是想偷新娘子的東西。他在新房的窗子旁的板壁上撓了一個大大的洞，但是因為裡面釘著洋鐵，他沒有法子想，到我的後房來了。湊巧衖堂門沒有關，於是他走到後房門口，把門撬了開來。……」

這時來了幾個人，告訴他離開五、六百步遠的一個墓地中，遺棄著幾隻空箱子。小碶頭來了十幾個警察和一個所長。於是這些慰問的人都退了出來。財主作揖打恭的比以前還客氣，直送他們到大門外。慰問的客越來越多了。除了王家橋外，遠處也有許多人來。

下午，在人客繁雜間，來了一個新聞記者，這個新聞記者是寧波S報的特約通訊員，他在小碶頭的一個小學校當教員。財主照前的詳細講給他聽。

「那麼，先生對於本村人，就是說對於王家橋人，滿意不滿意，他們昨夜聽見鑼聲不來援助你？」新聞記者聽了財主的詳細的敘述以後，問。

「沒有什麼不滿意。他們雖然沒有來援助我，但是他們現在並不來破壞我。失竊是小事。」財主回答說。

「唔，唔！」新聞記者說，「現今，外地有一班講共產主義者都說富翁的錢都是從窮人手中剝奪去的，他們都主張搶回富翁的錢，他們說這是真理，先生，你聽見過嗎？」

「哦哦！這，我沒有聽見過。」

「現在有些人很不滿意你們本村人坐視不助，但照鄙人推測，恐怕他們都是和共產黨有聯絡的。鄙人到此不久，不識此地人情，不知先生以為如何？」

「這絕對沒有的事情！」財主決然的回答說。

「有些人又以為本村人對於有錢可借有勢可靠的財主尚不肯幫助，對於無錢無勢的人家一定要更進一步而至於欺侮了。——但不知他們對於一般無錢無勢的人怎麼樣？先生系本地人必所深識，請勿厭嗦，給我一個最後的回答。」

「唔，唔，本村人許是不至於罷！」財主想了一會，微笑的回答說。於是新聞記者便告辭的退了出來。

慰問的客踏穿了財主的門限，直至三日、五日後，尚有不少的人在財主的屋中進出。聽說一禮拜後，財主吃了一斤十全大補丸。

電子書購買　　爽讀 APP

國家圖書館出版品預行編目資料

童年的悲哀：看魯彥以筆描繪人心，敘寫人性與社會的殘酷碰撞 / 魯彥 著 . -- 第一版 . -- 臺北市 : 崧燁文化事業有限公司 , 2023.10
面； 公分
POD 版
ISBN 978-626-357-591-2(平裝)
857.7　　112013302

童年的悲哀：看魯彥以筆描繪人心，敘寫人性與社會的殘酷碰撞

臉書

作　　者：魯彥
發 行 人：黃振庭
出 版 者：崧燁文化事業有限公司
發 行 者：崧燁文化事業有限公司
E-mail：sonbookservice@gmail.com
粉 絲 頁：https://www.facebook.com/sonbookss/
網　　址：https://sonbook.net/
地　　址：台北市中正區重慶南路一段六十一號八樓 815 室
Rm. 815, 8F., No.61, Sec. 1, Chongqing S. Rd., Zhongzheng Dist., Taipei City 100, Taiwan
電　　話：(02)2370-3310　　**傳　　真**：(02) 2388-1990
印　　刷：京峯數位服務有限公司
律師顧問：廣華律師事務所 張珮琦律師

定　　價： 320 元
發行日期： 2023 年 10 月第一版
◎本書以 POD 印製
Design Assets from Freepik.com